unchyroll

KILL BLUE

1

Tadatoshi Fujimaki

Au collège !

PROGRAMME

Chapitre 1
Au collège !

NIVEAU COLLÈGE

Chapitre 1

Au collège !

KILL BLUE

ET MERDE !
IL EST PAS HUMAIN, CE MEC !
IMPOSSIBLE DE LE VISER !
IL EST PARE-BALLES !

SGAM
DAM
ARGH !
ATTENDS UN PEU, ENFOIRÉ !
PAN
PAN
BANG
BANG
DAM
DAM

DOM
TAK TAK TAK
DAM
DOM
GWEH !
NGH !
HÉ HÉ !
TOUT VA BIEN ? PAS DE BOBO, BOSS ?
MERCI.
MAIS JE L'AVAIS VU !

DAM
D'AILLEURS, À TA PLACE J'ÉVITERAIS DE FAIRE LE MALIN !
C'EST À CAUSE DE TOI, CE MERDIER !
PAN
PAN
DAM
DAM
TAK TAK TAK
DAM
DAM
AÏE !
DÉSOLÉ !
VLAF
TAK
TAK
TAK
DAM
DOM
DOM
TLAK
SHRRR
FHH...
EH BEH...

FHH
BEAU TRAVAIL, BOSS ! CARTON PLEIN ! COMME D'HABITUDE, J'AI JOUÉ LES FIGURANTS…
VOUS MÉRITEZ VOTRE SURNOM DE TUEUR LÉGENDAIRE !
AH, TU VAS PAS T'Y METTRE, TOI AUSSI !
NE M'ENTERRE PAS TROP VITE, Y A QUE LES MORTS QU'ON QUALIFIE DE LÉGENDE !
MÊME VOTRE DÉGAINE EST STYLÉE !
ET LE JOURNAL SOUS LE BRAS COMPLÈTE À MERVEILLE VOTRE LOOK.
AH, ÇA ?
EN PLUS D'AVOIR DE LA LECTURE, ÇA ME SERT POUR LE BOULOT.
HEIN ?
BAH OUI, C'EST TRÈS PRATIQUE.
ÇA ME PERMET DE PASSER INAPERÇU DANS LES QUARTIERS D'AFFAIRES…
ET DE SORTIR MON ARME DISCRÈTEMENT…
AH !
JE VOIS !
A Letter of Mayor

MH ?
C'EST QUOI, ÇA ?
UN PETIT NID DE GUÊPES ?
ILS VENDENT DES GUÊPES, MAINTENANT ? COMME POUR LES COLÉOPTÈRES ?
BOF, AUCUN INTÉRÊT ...
FWOP
ALLEZ, ON FILE.
PARTANT POUR DES RAMENS ?
J'AI LES CROCS.
ÇA ROULE !
RAMENS
OUVERT
NANKOTSU RAMENS 680
ŒUFS DURS À VOLONTÉ
WAOUH !
DITES DONC, VOUS Y ALLEZ GAIEMENT, SUR L'AIL !
VOUS AVEZ PAS PEUR D'AVOIR UNE HALEINE DE CHACAL, APRÈS ?!
M'EN FOUS.
EN CE MOMENT, JE VOIS PAS QUI ÇA POURRAIT INCOMMODER.

カァァァ…
VROOOOW
チ CUI
チ CUI
チ CUI
FWAAAH !
…
チン
TLING

AH...
DÉSO...
POF
C'EST RIEN.
OUIIIIN !
PARDOOON !
POURTANT J'AI PAS CHERCHÉ À LUI FAIRE PEUR...
PFFF...

FAUT DIRE QUE JE SUIS PAS DOUÉ AVEC LES MÔMES...
JE NE SAIS JAMAIS COMMENT ME COMPORTER AVEC EUX...
ZRAAAF
ÇA DOIT ÊTRE PARCE QU'À LEUR ÂGE, J'APPARTENAIS DÉJÀ AU MILIEU...
EN Y RÉFLÉCHISSANT, JE SUIS PLUS À L'AISE AVEC LES TRUANDS QUE JE DESSOUDE À LONGUEUR DE JOURNÉE, C'EST DINGUE...
VOIRE PATHÉTIQUE.
QUI SAIT, SI J'AVAIS ÉTÉ UN PEU MOINS NUL...
AUJOURD'HUI, JE SERAIS PROBABLEMENT ...

LAPHRO
10
FROOOW
SHRR
FHH

N'EMPÊCHE QUE SI C'ÉTAIT À REFAIRE…
AUJOURD'HUI ENCORE, JE SAURAIS PAS COMMENT M'Y PRENDRE !
QU'EST-CE QU'ON POURRAIT SE RACONTER ?
ON N'A AUCUN CENTRE D'INTÉRÊT NI LOISIR EN COMMUN…
DANS MA VIE, J'AI QUE MON BOULOT… ET MÊME SI JE ME VOIS PAS FAIRE AUTRE CHOSE, J'Y PRENDS AUCUN PLAISIR…
J'AI VRAIMENT…
UNE VIE DE MERDE…

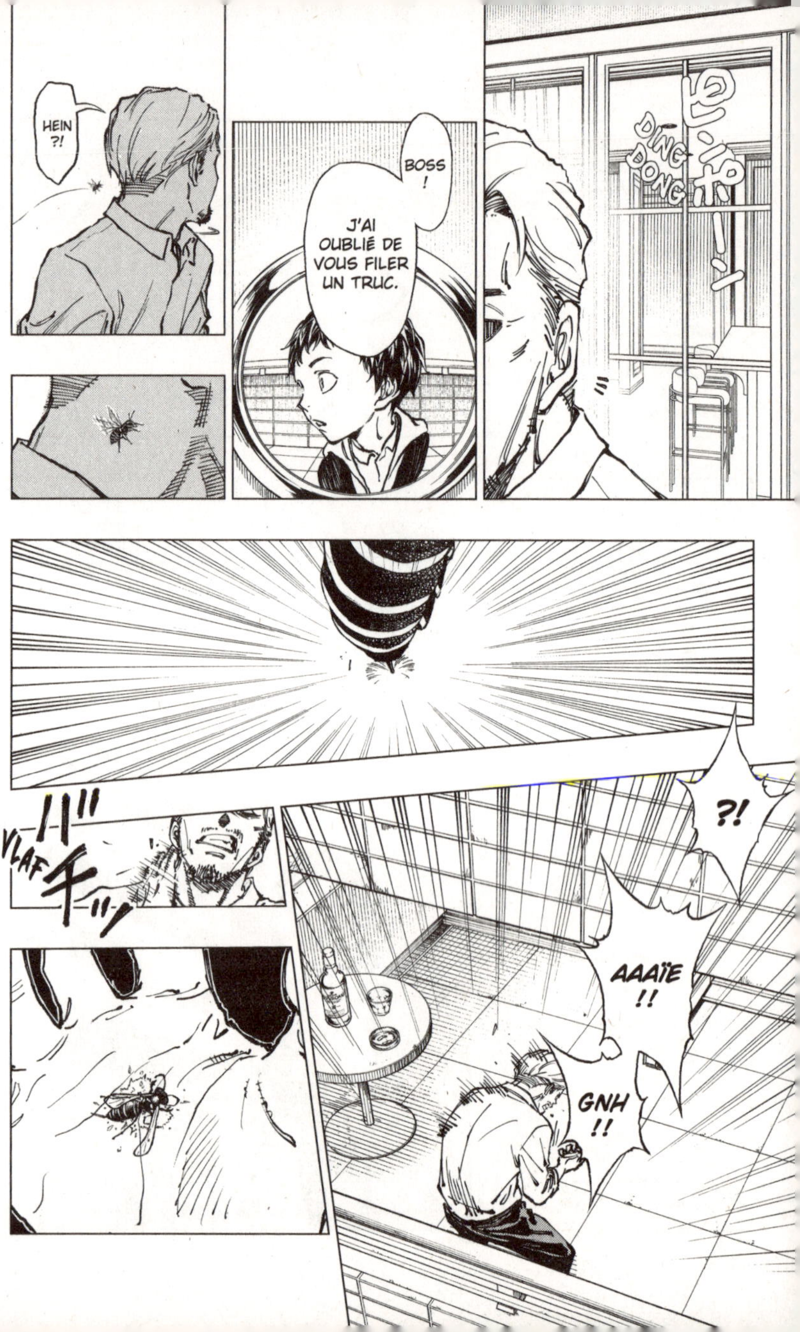
DING DONG
BOSS !
J'AI OUBLIÉ DE VOUS FILER UN TRUC.
HEIN ?!
VLAF
?!
AAAÏE !!
GNH !!

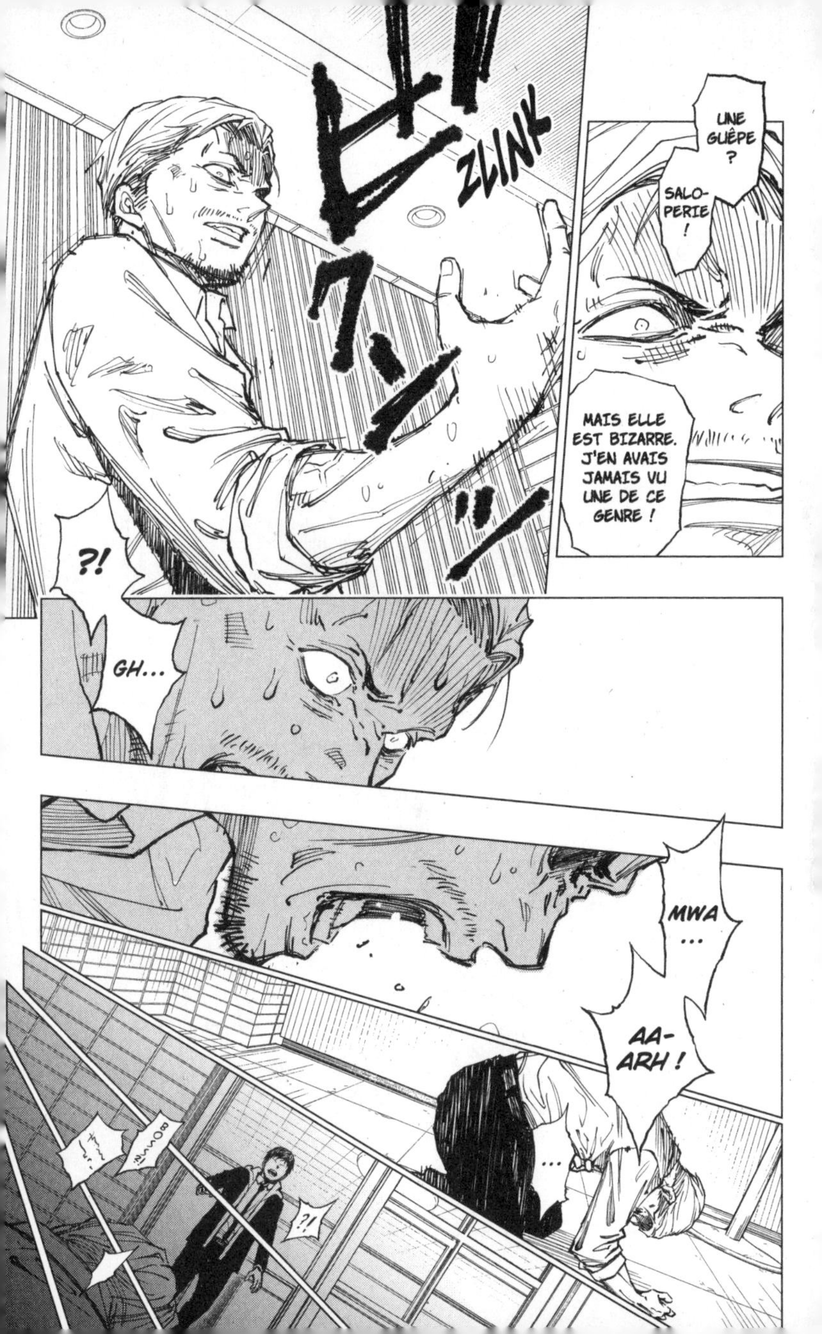
UNE GUÊPE ?
SALO-PERIE !
MAIS ELLE EST BIZARRE. J'EN AVAIS JAMAIS VU UNE DE CE GENRE !
ZLINK
?!
GH...
MWA...
AA-ARH !
...
?!

TLAK
TLAK
TLAK
TLAK
TLAK
TLAK
TAM
TAM
TAM
...
RIEN À FAIRE...
JE SÈCHE...
ERI WANIBUCHI EX-FEMME D'ÔGAMI
CHEFFE DU DÉPARTEMENT SCIENTIFIQUE DE L'ORGANISATION SECRÈTE Z.O.O.
KRIII
TCHAC
WO-OOH !
VAAAM !!
OÙ EST-CE QUE JE SUIS ?!
AH !
TU REVIENS ENFIN À TOI !

!
ERI ?
MAIS ALORS ...
OUI, TU ES DANS MON LABO.
MÊME S'IL N'Y A PAS DE SOUCI AU NIVEAU DE TES FONCTIONS VITALES, TES MODIFICATIONS PHYSIQUES SUBIES SONT DE L'ORDRE DU JAMAIS-VU.
À UN MOMENT, ON S'EST MÊME INQUIÉTÉS.
D'APRÈS LES DONNÉES EN MA POSSESSION, CE SERAIT DÛ AU VENIN DE LA GUÊPE QUI T'A PIQUÉ, ET QU'ON A RETROUVÉE CHEZ TOI...
ELLE VIENDRAIT DE CE NID ?
ET CES "MODIFICATIONS" DONT TU PARLES ?
PRENDS LE MIROIR SUR TON LIT.
PAR LA SUITE, ON A APPRIS ...
QU'UN DES PARTENAIRES COMMERCIAUX DE L'ORGANISATION QUE NOUS CIBLONS ACTUELLEMENT MENAIT DES EXPÉRIMENTATIONS GÉNÉTIQUES.
BREF, IL NE S'AGISSAIT PAS D'UNE GUÊPE ORDINAIRE.
...

QU'EST-CE QUE...
C'EST QUI, ÇA ?
HEIN ?
C'EST MOI ?!
OU PLUTÔT, C'EST MOI QUAND J'ÉTAIS MÔME !!
J'AI L'AIR D'AVOIR 12 OU 13 ANS, PAS PLUS !
ERI, DIS-MOI QUE C'EST RÉVERSIBLE !
MMH... BEN...
JE SAIS PAS...
ME LAISSE PAS COMME ÇA ! TU ES LE GÉNIE DE L'ORGANISATION, NON ?!
ÉCOUTE, J'AI COMMENCÉ À ANALYSER LE NID ET LE CADAVRE DE LA GUÊPE. ÇA SUIT SON COURS...
MAIS C'EST LOIN D'ÊTRE ÉVIDENT...

A PRIORI, IL N'Y AURAIT PAS DE RISQUE LÉTAL POUR TOI À COURT TERME.
TU DEVRAS JUSTE ARRÊTER TES ACTIVITÉS QUELQUE TEMPS...
HEIN ?!
ATTENDS, C'EST LA CATA, ÇA ! SI JE NE TOUCHE PLUS RIEN...
COMMENT JE VAIS PAYER LE CRÉDIT DE MON APPART ET DE MA BAGNOLE, ET PUIS, LA PENSION POUR LA PETITE ?
JE ME DÉBROUILLERAI, J'AI MON SALAIRE.
QUEL CŒUR DE PIERRE !
AU FAIT, LE PATRON A UNE PROPOSITION POUR TOI.
?
VRRR...
VRRR...
AH !
QUAND ON PARLE DU LOUP...
UNE PROPOSITION ?
OUI ?
AH, JÛZÔ !
C'EST TRÈS ÉTRANGE, CE QUI T'EST ARRIVÉ...
FRSH...

C'EST RIEN !
MÊME LÀ, JE PEUX CONTINUER À BOSSER !
JE SAVAIS QUE TU DIRAIS ÇA...
ET JUSTEMENT...
J'AURAIS UN BOULOT TAILLÉ À TA MESURE À TE CONFIER...
C'EST AU SEIN D'UN COLLÈGE.
HEIN ?!
UN QUOI ?
CH'UIS PAS SÛR D'AVOIR BIEN ENTENDU...
EUH...
EN FAIT...
À PARTIR DE L'ANNÉE PROCHAINE, JE COMPTE INSCRIRE MA FILLE DANS UN ÉTABLISSEMENT PRIVÉ.
JE SOUHAITERAIS DONC QUE TU ENQUÊTES SUR PLACE. BIEN SÛR, SOUS COUVERTURE.
MINUTE ! C'EST QUOI, CETTE MISSION À DEUX BALLES ? C'EST PAS UN VRAI BOULOT, ÇA !
JE VOIS LE GENRE : ON S'INQUIÈTE POUR SA "FIFILLE" ?!
SI J'AI BIEN COMPRIS, VOUS VOULEZ SEULEMENT QUE JE VÉRIFIE SI RIEN NE CLOCHE DANS CET ÉTABLISSEMENT !

ÇA TOMBE BIEN, NON ?
TU AS CESSÉ TON PARCOURS ÉDUCATIF À LA FIN DE L'ÉCOLE PRIMAIRE.
SAUF QUE J'AI PLUS L'ÂGE !
HÉ HÉ ...
EH OUI, JE M'INQUIÈTE POUR MA "FIFILLE"...
AH, VOUS, ÇA VA, HEIN !
VOUS ALLEZ PAS EN RAJOUTER.
C'EST UN TRAVAIL COMME UN AUTRE.
POUR LEQUEL TU SERAS "PAYÉ".
VRRR
TAC
チャッ

IMPEC, VOTRE UNIFORME.
C'EST PILE-POIL LA BONNE TAILLE !
J'AI L'IMPRESSION DE FAIRE DU COSPLAY, OUI !
KOTATSU NEKOTA
ÉQUIPIER D'ÔGAMI
ET CES LUNETTES ?
ELLES SONT ÉQUIPÉES D'UNE CAMÉRA, D'UN MICRO ET D'ÉCOUTEURS.
COMME À VOTRE ÂGE, VOUS SEREZ FORCÉMENT LARGUÉ...
JE SERAI CONNECTÉ EN PERMANENCE POUR VOUS APPORTER UN SOUTIEN OPÉRATIONNEL.
TOUT LE MONDE VERRA QUE JE SUIS PLUS À LA PAGE !
HAAAA...
C'EST UN CAUCHEMAR... ON M'ENVOIE DANS UN COLLÈGE...
ALORS QUE J'AI JAMAIS SU Y FAIRE AVEC LES MÔMES...
MAIS J'AI PAS LE CHOIX. PAS DE BOULOT, PAS D'OSEILLE.

CÉRÉMONIE DE RENTRÉE
ET AUSSI, JE PENSE M'INSCRIRE AU CLUB DE BASKET. VOILÀ…
TRÈS HEUREUX D'ÊTRE PARMI VOUS CETTE ANNÉE.
CLAP パチ CLAP パチ
CLAP パチ CLAP パチ CLAP パチ CLAP パチ
HÉ, IL EST PAS MAL, LUI !
OUI ! ♡
AU SUIVANT !
N° 3 !
ガタ VRAT

GRMBL
JÛZÔ ÔGAMI…
GLUPS
GRMBL
EN-CHANTÉ.
ET VOILÀ.
GRMBL
EUH …
AH …
C'EST DÉJÀ FINI ?
LUI, LAISSE TOMBER …
V'LÀ LE LOSER …
C'EST QUOI, CETTE PRÉSEN-TATION MINABLE, BOSS ?!
VOUS ÊTES CENSÉ VOUS INTÉGRER À LA CLASSE ! ÇA FAIT PARTIE DU JOB !
DITES-EN UN PEU PLUS !
ÇA VA, HEIN !
PARLEZ DE VOS HOBBIES ET DE VOS POINTS FORTS.
EUH …
JE VAIS QUAND MÊME VOUS EN DIRE UN PEU PLUS…

J'AI PAS VRAIMENT DE HOBBIES...
QUANT À MES POINTS FORTS...
BEN, JE DIRAIS... LE TIR ?
AU PISTOLET.
BOSS, NOOON ! C'EST ENCORE PIRE !
VOUS VOUS ENFONCEZ !
"AU PISTOLET" ?
BROUHAHA
EUH... TU TIRES SUR QUI ?
BROUHAHA
IL EST PAS NET, LUI...
PSST
SUPER, ON SE COLTINE LE BARJOT DE SERVICE...
PSST
MAIS NON !
EUH...
ON UTILISE DES AIR-SOFT GUN !
DES FAUX FLINGUES, QUOI !
J'ADORE L'AIR-SOFT !
AÏE AÏE AÏE...
AH...
OK...

PSST
FLIPPANT …
OUAIS …
PSST
PSST
IL EST DÉPRESSIF, OU QUOI ?
OH LÀ LÀ LÀ LÀ...
PAS FÂCHÉ QUE CE SOIT TERMINÉ …
SI JE ME RAMASSE COMME ÇA DÈS LE PREMIER JOUR…
ÇA PROMET POUR LA SUITE…
NAN ! SANS DÉC ?!
JE T'ASSURE ! UN VRAI CRÉTIN !
POF
OUPS !

AH !
LE ZOZO DE SERVICE ...
MPF ! T'ES DURE !
BOSS, ON LES FAIT TAIRE À JAMAIS ?
LAISSE TOMBER.
ET VOILÀ POUR VOUS, BOSS !
MON OMURICE MAISON !!
ALLEZ, RÉGALEZ-VOUS !
ZAAAM

TU VIENS MÊME ME PRÉPARER À DÎNER ?
SI JE M'EN OCCUPAIS PAS, JE VOUS CONNAIS, VOUS VOUS FERIEZ VITE FAIT DES RAMENS EN RAJOUTANT UNE TONNE D'AIL !
RIEN DE TEL POUR VOUS DONNER UNE HALEINE DE CHACAL ET VOUS FAIRE DÉTESTER PAR TOUTE LA CLASSE.
MIOM
CELA DIT, C'EST TROP BON !
GHH...
MÊME MOI, J'ÉTAIS GÊNÉ TELLEMENT VOTRE PRÉSENTATION ÉTAIT NULLISSIME !
JE VOUS RAPPELLE QUE VOUS DEVEZ À TOUT PRIX DISSIMULER VOTRE VÉRITABLE IDENTITÉ.
ALORS ÉVITEZ LES GAFFES QUI POURRAIENT VOUS FAIRE EXCLURE TEMPORAIREMENT, OU PIRE, VOUS FAIRE RENVOYER.
RESTEZ LE PLUS LISSE ET NEUTRE POSSIBLE !
SI VOUS NE POUVEZ PLUS RETOURNER AU COLLÈGE, ADIEU LA THUNE !
BON, VOUS ÊTES PRÊT POUR DEMAIN ?
TU TE PRENDS POUR MA MÈRE ?
PRÊT POUR QUOI, D'ABORD ? JE DOIS FAIRE AUTRE CHOSE QUE CE QUE M'A DEMANDÉ LE BIG BOSS ?
AU COLLÈGE, ON EST CENSÉ ÉTUDIER, NON ?
IL FAUT PENSER AUX FOURNITURES SCOLAIRES : LES MANUELS, LA TROUSSE, ETC.

"ÉTUDIER" ?
AUJOURD'HUI, LES COURS COMMENCENT.
À VOS PLACES !
ガラ…
VLAK
L'ORGANISATION M'A RECUEILLI TOUT GAMIN ET M'A TOUT DE SUITE MIS À L'ENTRAÎNEMENT. PUIS, DANS LA FOULÉE, J'AI FAIT MES DÉBUTS.
COMME L'A RAPPELÉ ERI, JE N'AI ÉTÉ SCOLARISÉ QUE JUSQU'À LA FIN DU PRIMAIRE.
BON GRÉ MAL GRÉ, J'AI FAIT MON CHEMIN...
J'AI 39 PIGES. J'AI EU DES HAUTS ET DES BAS, JE ME SUIS MARIÉ, J'AI MÊME EU UNE FILLE...
ET ME VOILÀ AUJOURD'HUI "COLLÉGIEN"...
OUVREZ VOTRE MANUEL À LA PAGE 6 ...
PREMIER CHAPITRE : "LES NOMBRES POSITIFS ET NÉGATIFS".

MOI QUI CROYAIS QUE LES NOMBRES ÉTAIENT TOUS "POSITIFS"…
IL EN EXISTE DES NÉGATIFS ?
C'EST DINGUE !
QUOI ? ON PEUT MÊME LES MULTIPLIER ET LES DIVISER ?
JE ME DEMANDE COMMENT ÇA MARCHE !
QUATRE GRANDES CIVILISATIONS LIÉES À DES FLEUVES
LES SUMÉRIENS
3500 AV. J.C. EN MÉSOPOTAMIE
1 MÉSOPOTAMIE -> TIGRE ET EUPHRATE
2 ÉGYPTE -> NIL
3 INDUS -> FLEUVE INDUS
CHINE -> FLEUVE JAUNE ET YANGTSÉ
CE SERA TOUT POUR AUJOURD'HUI !
RÉVISEZ CORRECTEMENT ET N'OUBLIEZ PAS VOS DEVOIRS POUR LE PROCHAIN COURS !
WAAAH !
OUI
IIII !!

C'EST TELLEMENT COOL, D'ÉTUDIER !!
LES MATHS, LA PHYSIQUE, LE MONDE CONTEMPORAIN, L'EXPRESSION ÉCRITE...
J'APPRENDS DES TRUCS QUE J'IGNORAIS COMPLÈTEMENT. ÇA DONNE UN NOUVEL ÉCLAIRAGE À TOUT CE QUE JE CROYAIS SAVOIR !! J'EN FRISSONNE DE JOIE !
JUSQU'À MAINTENANT, J'EXÉCUTAIS MES MISSIONS SANS TROP UTILISER MES MÉNINGES !
QUI SAIT... MON INSATIS-FACTION DOIT VENIR DE LÀ...
MÊME CE VERRE DE BON VIEUX LAPHROAIG QUE JE SIROTAIS APRÈS CHAQUE MISSION NE ME PROCURAIT PAS CE SENTIMENT DE PLÉNITUDE ET D'EXALTATION QUE J'ÉPROUVE EN COURS.

BOSS !
LE DÎNER EST SER…
QU'Y A-T-IL ?
?!
IL M'ARRIVE UN TRUC PAS NET !
?!
…
JE PASSE MES JOURNÉES À ÉTUDIER…
ET JE DOIS ADMETTRE QUE J'ADORE ÇA…
OÙ EST LE PROBLÈME, AU JUSTE ?
J'AI RÉVISÉ MES LEÇONS, TERMINÉ MES DEVOIRS…
ET MÊME COMMENCÉ À POTASSER LE NOUVEAU CHAPITRE QU'ON VA ABORDER DEMAIN.
BOSS, CALMEZ-VOUS…
JE NE VOIS TOUJOURS PAS CE QUI CRAINT LÀ-DEDANS !

D'AILLEURS, J'AVAIS BIEN NOTÉ QUE VOUS ÉTIEZ SUPER ATTENTIF, EN CLASSE...
ET QUE VOUS N'EN PERDIEZ PAS UNE MIETTE.
JE L'AI VU GRÂCE À LA CAMÉRA INTÉGRÉE À VOS LUNETTES.
UN DÉSÉQUILIBRÉ S'ATTAQUE À DES ÉTABLISSEMENTS SCOLAIRES
ON RAPPORTE DE PLUS EN PLUS D'AFFAIRES SIMILAIRES...
LES ÉTABLISSEMENTS SONT APPELÉS À LA PLUS GRANDE VIGILANCE...
J'EN REVIENS PAS...
C'ÉTAIT TELLEMENT PASSIONNANT, AUJOURD'HUI !
ON A ÉTUDIÉ L'HISTOIRE-GÉO...
J'AI PU FAIRE LE LIEN ENTRE L'HISTOIRE AVEC UN GRAND "H" ET MON EXPÉRIENCE PERSONNELLE !
CE TRUC, C'ÉTAIT DONC UN "TUMULUS" ! DIRE QUE J'Y SUIS ALLÉ POUR LE BOULOT ET QUE JE N'EN SAVAIS RIEN.

BLA
BLA
BROUHAHA
BROUHAHA
SEUL HIC... JE SUIS TOUJOURS AUSSI MAL À L'AISE AVEC LES MÔMES...
POUR UN QUADRA, PASSER LA JOURNÉE DANS UN COLLÈGE, C'EST UN VRAI CALVAIRE...
VIVEMENT QUE JE RETROUVE MON APPARENCE NORMALE...
JAPONAIS
BROUHAHA
BOSS !
J'AI L'IMPRESSION QUE ÇA S'AGITE, AUTOUR DE VOUS.
BROUHAHA
NH ?
MAINTENANT QUE TU LE DIS...
WAAH !
WAAH !
VITE, ALLEZ TOUS VOUS METTRE À L'ABRI DANS LE BÂTIMENT PRINCIPAL !!
C'EST UNE BLAGUE ?
UN DÉSÉQUILIBRÉ S'EST INTRODUIT DANS LE COLLÈGE !

FWOH !
VLONF
VOUS AVEZ VU ÇA ? IL A ASSOMMÉ LE GARDE AVEC UN COUP DE PIED SAUTÉ !
WAAAH...
D'OÙ IL SORT, CE TYPE ?
IL A L'AIR BALÈZE, EN PLUS !
HA HA HA !
EH BEH !
TROP MAR-RANT, LE GARS !
パシャー
PSHAF
パシャーッ
PSHAF
EUH ...
C'EST MOI, OU...
IL FON...

OUI, IL FONCE DROIT SUR NOUS !!
WAAAH !
DOM
DOM
DOM
HEIN ?!
KYAAAH !
WAAAAH
OH NON !!
VITE...
VAAAP
WOOOH !!
TRÈS BIEN !
VOUS DEUX, VOUS FEREZ L'AFFAIRE !
HEIN ?!
ZAAAM
JE VAIS TOUT VOUS MONTRER ET VOUS ALLEZ ME REGARDER !
HIIII !!

ÇA VA PAS LA TÊTE ?! LA POLICE VA ARRIVER ET VOUS ARRÊTER !
HA HA HA !
M'EN FOUS !
DÉJÀ, JE SUIS SÛR QUE JE LEUR ÉCHAPPERAI.
ET PUIS, JE SUIS PRÊT À PRENDRE LE RISQUE !
MÊME SI C'EST ICI QUE MON AVENTURE S'ARRÊTE...
ÇA ME VA... ♡
TANT QUE JE PEUX TOUT DÉBALLER !
SWIF
AAAH !
SALE PERVERS !!
QUI C'EST, CE TYPE ?
ON VOIT QUE C'EST LE PRINTEMPS...
WAAAH !
KYAAAH !

C'EST PAS LES DEUX FILLES QUI SE MOQUAIENT DE VOUS ?
RIEN NE VOUS OBLIGE À LES AIDER.
PERSO, JE M'EN MÊLERAIS PAS.
ELLES SONT PAS EN DANGER DE MORT.
C'EST PAS FAUX...
SEULEMENT, ELLES ONT LE MÊME ÂGE QUE MA FILLE.
HEIN ?!
ET AVEC LES QUELQUES ANNÉES QUE J'AI EN PLUS AU COMPTEUR...
LA QUESTION DE SAVOIR SI OUI OU NON...
IL EST DE MON DEVOIR D'APPORTER MON AIDE...
NE SE POSE PLUS !
JAPONAIS 1er semestre
OK, MAIS SURTOUT, ÉVITEZ DE VOUS FAIRE GRILLER !
INUTILE DE ME LE RAPPELER !
FWISH

FWISH
DAM
DAM
DAM
JAPONAIS 1er semestre
DAAAM

BIEN JOUÉ, BOSS ! VOUS AVEZ CRÉE UN ÉCRAN DE FUMÉE AVEC LES CRAIES !
TOUJOURS AUSSI PRÉCIS, À CE QUE JE VOIS !
JOLIE RAFALE !
METS-LA EN SOURDINE !
WIIISH

FWOOOSH!
SGAM
SGAM
SGAM
VAAAM
!

ABDOS EN BÉTON ACTIVÉS !
NGH !
BONK
?!
HEIN ?!
NORMALEMENT, J'AURAIS DÛ LE PLIER EN DEUX !
COSTAUD, LE GARS !
OU PAS...
AH, ÇA L'A QUAND MÊME SECOUÉ...
MAIS J'AI PLUS LA MÊME PATATE, AVEC MES P'TITS BRAS DE COLLÉGIEN !
D'OÙ TU SORS, TOI ?
BON, PUISQUE C'EST COMME ÇA...
チッ
VAAAM !!
KRRR
チヂヂ...
ON VA CREVER TOUS ENSEMBLE DANS UN GRAND "BOUM" !
HÉ, ON SE CAL...
D'OÙ TU SORS CE MACHIN, TOI ?!
BEURK !

WIIINK
WIIISH
OUMF!
T'ES PLUS UN TYPE PAUMÉ QU'AUTRE CHOSE.
UNE FOIS EN TAULE, PURGE TA PEINE ET REFAIS TA VIE, PAUV' DÉBILE !

BAOUM

HEIN ?!
KOF KOF!
KOF!
J'Y CROIS PAS... C'EST TOI QUI NOUS AS SAUVÉES...
LE ZOZ...
ÔGAMI ?!
...
ARGL...
AH NON !
EN FAIT, UN TYPE A BONDI ET MIS CE GROS PERVERS HORS D'ÉTAT DE NUIRE !

MOI, JE... JE SUIS JUSTE UN ÉLÈVE COMPLÈTEMENT ORDINAIRE...
QUI A POUR SEUL BUT D'ÉTUDIER AVEC SÉRIEUX.
JAPONAIS
BON BEN ...
SUR CE, EUH...
À DEMAIN ...
...

BROUHAHA
BROUHAHA
HEIN ?!
LE DINGUE A ÉTÉ MIS K.-O. ?!
TRIII TRIII TRIII
BROUHAHA
ÉVACUEZ LA COUR !
DAAASH !!
21 : 32
IL S'AGIRAIT D'UN EXPLOSIF ARTISANAL CONÇU PAR LE SUSPECT LUI-MÊME...
UNE ENQUÊTE EST EN COURS ET ON IGNORE ENCORE L'IDENTITÉ DE LA PERSONNE QUI EST INTERVENUE POUR PROTÉGER LES DEUX JEUNES FILLES AGRESSÉES.
PERVERS DANS UN COLLÈGE !
FLIP-PANT !
IL SE PASSE DE CES TRUCS, QUAND MÊME...
OUAIS...
HI HI !

HÉ, LES AMIS ! JE PROPOSE QU'ON AILLE S'AMUSER ENSEMBLE, APRÈS LES COURS !
AH ! J'EN SUIS !
MOI AUSSI !
MAIS ...
AVANT TOUT, ON DEVRAIT CRÉER UN GROUPE DE DISCUSSION POUR LA CLASSE !
BONNE IDÉE !
AVANT DE QUITTER LA SALLE, DONNEZ-MOI TOUS VOS NUMÉROS !
RA-JOUTE-MOI AU GROUPE !
OK !
IL RESTE QUI ?
AH...
ET LUI ?
ON LAISSE TOMBER ?
À MON AVIS, IL EST PAS INTÉRESSÉ ...
PARFAIT ...
TU ME RENDS SERVICE, MEC.

NON !
ON DOIT LUI DEMANDER.
OUI, FAUDRAIT PAS METTRE DES CAMARADES DE CÔTÉ.
QUOI ?!
HEIN ?!
AH...
BON, OK...
ON S'APPRÊTE À CRÉER UN TCHAT POUR LA CLASSE.
TU VEUX T'Y INSCRIRE ?
ET PUIS...
POUR L'AUTRE FOIS, BEN, ON VOULAIT...
TE REMERCIER.
VOILÀ.
MOI, JE VOIS PAS L'INTÉRÊT DE M'INSCRIRE À CE GROUPE.
MAIS BON...
PFF !
OK...
ALORS ...

シュポッ PONG
NGH ...
ARGH ...
シュポシュポッ PONG PONG
AH...
M... MAIS ...
RA-AAH !!
C'EST QUOI, CE FLOT DE MESSAGES ?!
J'AI MÊME PAS LE TEMPS DE RÉPONDRE. C'EST PAS FAIT POUR UN VIEUX COMME MOI !!
MÊME SI JE LE POSE DANS UN COIN, ÇA CONTINUE NON-STOP ! C'EST INSUPPORTABLE ! PITIÉ, ARRÊTEZ CE TRUC !!
ブル VRRR ブル VRRR ブル... VRRR
J'ABANDONNE ! C'EST TROP DUR D'ÊTRE COLLÉGIEN À 39 ANS !!
VOUS, LES VIEUX, VOUS TAPEZ TROP LENTEMENT.
DÉJÀ, POURQUOI VOUS NE COUPEZ PAS LES NOTIF' ?
HEIN ?!

VLAK
VOUS SORTEZ FUMER ?
FFFH...
J'AI ARRÊTÉ.
DEPUIS QUE JE SUIS DANS CE CORPS DE MÔME, JE NE SUPPORTE PLUS NI LE TABAC NI L'ALCOOL.
MAIS...
JE DOIS AVOUER QUE JE ME SENS BIEN MIEUX...
QUE QUAND JE SORTAIS CLOPER SUR LE BALCON APRÈS LE BOULOT.
ALORS, JE VAIS M'ACCROCHER, ET JE FINIRAI BIEN PAR M'HABITUER...
BON, ALLEZ...
FAUT QUE JE FASSE MES DEVOIRS...

L'ORGANISATION À LAQUELLE IL APPARTIENT N'EST QUE LA 3E PLUS RÉPUTÉE DANS LE MILIEU DE LA PÈGRE, MAIS ÔGAMI SORT CLAIREMENT DU LOT.

JÛZÔ ÔGAMI

1 M 56
(ADULTE : 1 M 77)

AMBIDEXTRE

EXCELLENT TIREUR DE LA MAIN DROITE
ENCORE MEILLEUR DE LA MAIN GAUCHE

PLAT PRÉFÉRÉ : RAMENS (SURTOUT LES SHÔYU RAMENS)

ALCOOL FAVORI : WHISKY (SURTOUT LE LAPHROAIG)

MAIS DEPUIS QU'IL EST REDEVENU ADO, IL NE PEUT PLUS EN BOIRE, ALORS IL EST PASSÉ AU COCA.

Chapitre 2

Suis les conseils du maître et imite-le !

POUR MOI…
LE PLUS FOU DANS CETTE HISTOIRE, CE N'EST PAS QU'UN ASSASSIN SOIT REDEVENU ADO…
MAIS DE VOIR À QUEL POINT VOUS ÊTES À FOND DANS LES ÉTUDES !
AH OUI ?
!
VOUS PENSEZ QUE ÇA VOUS OUVRIRA DE NOUVELLES OPPORTUNITÉS PROFESSIONNELLES QUAND VOUS RETROUVEREZ VOTRE CORPS D'ADULTE ?
VOUS AVEZ ENVIE DE GRIMPER DES ÉCHELONS ?
ALORS LÀ, PAS DU TOUT.
C'EST JUSTE QUE ÇA ME PLAÎT.
EUH… JE PIGE PLUS TROP LÀ…
VOUS PRENEZ RÉELLEMENT PLAISIR À "ÉTUDIER" ?
C'EST QUOI, LE PROBLÈME ?
ENFIN, C'EST VRAI QU'À TON ÂGE, ÇA DOIT SEMBLER INVRAISEMBLABLE…
À L'ÉPOQUE, J'AURAIS DIT LA MÊME CHOSE…

SALUT ... OGA !
...
EUH ... C'EST À MOI QUE TU T'ADRESSES ?
TOUT JUSTE !
ON T'A SURNOMMÉ COMME ÇA.
SALUT !
SÉRIEUX ?
BONJOUR ...
KRRR
ギギギ...
WAAAH !
ÇA CRAINT !
IL FOUT LES JETONS, TON SOURIRE...
GHH ...
TU DEVRAIS PARTICIPER UN PEU PLUS SUR LE TCHAT DE LA CLASSE.
BEN OUAIS !
JE VAIS FAIRE UN EFFORT.
JE SUIS TOUJOURS AUSSI MAL À L'AISE AVEC LES GOSSES.
PFFF...
IL EST BEAU, LE VÉTÉRAN DE LA GÂCHETTE, L'IMPITOYABLE ANGE DE LA MORT... À PRÉSENT ME VOILÀ AFFUBLÉ D'UN PETIT SURNOM...

BON, OUBLIONS TOUT ÇA...
J'AI PLEIN DE CHOSES À APPRENDRE.
TROUVEZ LA VALEUR DE X...
EN UTILISANT UNE IDENTITÉ REMARQUABLE...
POUR FACTORISER L'EXPRESSION...
EN APPLIQUANT LA LOI DE DISTRIBUTION...
?
EUH...
HEIN ?!
JE...

BOSS !
C'EST PRÊT !
OH ...
VRRR ズーン...
ÇA N'A PAS L'AIR D'ALLER !
QU'EST-CE QUI S'EST PASSÉ ?
HEIN ?!
VOUS N'AVEZ PAS COMPRIS LE COURS ?
AH, C'EST POUR ÇA QUE VOUS ÉTIEZ SI BIZARRE, EN CLASSE !
MÊME EN RELISANT LA LEÇON, JE N'AI TOUJOURS RIEN COMPRIS.
EST-CE QUE PAR HASARD ...
OUBLIEZ, JE NE PEUX PAS VOUS AIDER !
バーン
ZAAAM
JE M'EN SERAIS DOUTÉ ...
AH...
JE SAIS !

QUOI ?!
TU VEUX QUE JE T'EXPLIQUE UN TRUC QUE TU AS VU EN CLASSE ?
MMH... MMH...
EN MATHS ?
AH, LES EXPRESSIONS LITTÉRALES... GENRE AVEC LES X ET LES Y... ET TU N'Y COMPRENDS RIEN ?
ERI, FAUT QUE TU M'AIDES !
DÉSOLÉE...
MAIS ENTRE LE BOULOT ET LA MAISON, J'AI DES JOURNÉES BIEN REMPLIES.
SANS COMPTER QUE JE DOIS AUSSI TROUVER LE MOYEN DE TE RENDRE TON CORPS D'ADULTE.
MH...
JE SAIS, ET JE TE SUIS TRÈS RECONNAISSANT, MAIS...
TU PEUX VRAIMENT PAS M'AIDER ?
IL MANQUE PAS DE JUGEOTE, IL FINIRA BIEN PAR INTÉGRER LES ÉQUATIONS TOUT SEUL...
MMH...

COMME GÉNÉRALEMENT, JE N'AI AUCUNE DIFFICULTÉ POUR COMPRENDRE LES CHOSES, J'IGNORE CE QUE C'EST D'ÊTRE DANS LE FLOU.
C'EST BIEN LES GÉNIES, ÇA !
ET COMME JE NE COMPRENDRAI PAS QUE TU NE COMPRENNES PAS, JE NE SAURAI PAS COMMENT TE L'EXPLIQUER.
POSE DONC LA QUESTION À TON PROF !
C'EST À ÇA QU'ILS SERVENT !
ÇA, NON.
JE TE RAPPELLE QUE J'AI QUASI 40 PIGES... METS-TOI À MA PLACE, C'EST HUMILIANT !
LE GARS EST PLUS JEUNE QUE MOI !
HEIN ?!
LÀ, FRANCHEMENT, TU ABUSES !
C'EST UNIQUEMENT DE L'ORGUEIL MAL PLACÉ !
TU PEUX PAS METTRE TA FIERTÉ DE CÔTÉ ?!
C'EST TELLEMENT TYPIQUE DES MECS DE TON ÂGE, EN PLUS !
PUISQUE TU TE TARGUES AUTANT D'ÊTRE "ADULTE", AGIS EN TANT QUE TEL !
GGH...
CDI
RIEN À FAIRE...
ÇA VEUT PAS RENTRER ...

ET VOILÀ, VU QUE J'AI PAS COMPRIS, LA SUITE ME SEMBLE ENCORE PLUS OBSCURE.
C'EST UN CERCLE VICIEUX...
JE VAIS ME RETROUVER DE PLUS EN PLUS LARGUÉ...
COMMENT FAIRE ?
AH...
WAAAH ! LA PILE DE BOUQUINS !
TU CHERCHES QUELQUE CHOSE EN PARTICULIER ?
ÔGAMI...
C'EST ÇA ?
LUI, IL EST DANS MA CLASSE.
EUH...
SHIRA... ISHI, C'EST ÇA ?
OUI, RYÔ SHIRAISHI.

JE VOIS...
MMH...
À MON AVIS...
LE PROBLÈME EST PLUS PROFOND...
J'AI L'IMPRESSION...
QU'IL TE MANQUE DES NOTIONS DE BASE QUI SONT NORMALEMENT ACQUISES EN PRIMAIRE.
LES FRACTIONS, L'ÈRE, LE VOLUME, ETC.
HEIN ?!
DU COUP, SI ON RAJOUTE LES VARIABLES X ET Y, LOGIQUE QUE TU SOIS PERDU.
AH...
FAUT DIRE QU'EN PRIMAIRE, JE NE PENSAIS QU'À M'AMUSER...
TU SAIS QUOI ?
JE VIENS SOUVENT AU CDI POUR RÉVISER.
DU COUP, ON POURRAIT ÉTUDIER ENSEMBLE.
HEIN ?!

!
CONTRÔLE DE MATHÉMATIQUES
10:00~10:30

...
CONTRÔLE DE MATHÉMATIQUES
NOM : Jûzô Ôgami
100/100
次の□にあてはまる数や式を求めなさい。
100 SUR 100 !
J'AI EU TOUT BON, ET C'EST GRÂCE À TOI !
MERCI !
BRAVO, TU AS ASSURÉ !
TU PEUX ÊTRE FIER DE TOI. TU AS RÉVISÉ DUR LES BASES, CE QUI T'A PERMIS DE COMBLER TES LACUNES.
COOL !
MAINTENANT, JE POURRAI SUIVRE LE PROGRAMME COMME LES AUTRES !
ET C'EST LA PREMIÈRE FOIS DE MA VIE QUE J'AI 100 SUR 100 !
JE SUIS TELLEMENT HEUREUX !
GRAP

MERCI DU FOND DU CŒUR...
MAÎTRE !
HEIN ?!
M'APPELLE PAS COMME ÇA !
JE NE POURRAI JAMAIS ASSEZ TE REMERCIER !
ATTENDS ! SI, JE SAIS !
VIENS, JE T'OFFRE UN VERRE !
EH BEN, TU PARLES COMME LES VIEUX, MAINTENANT ?!
QU'EST-CE QUI T'ARRIVE ?

JE T'ASSURE, TU ES RÉELLEMENT UN MAÎTRE D'EXCEPTION !
ARRÊTE AVEC ÇA !
TU AS UN DON POUR EXPLIQUER...
ET TU ES UN SACRÉ BOSSEUR.
TOUS LES JOURS, AU CDI, TU M'EXPLIQUAIS CE QUE JE PIGEAIS PAS, EN CONTINUANT À ÉTUDIER DE TON CÔTÉ.
TU ES SUPER STUDIEUX AUSSI...
COMME SI T'AVAIS DÉJÀ UN OBJECTIF PRÉCIS EN TÊTE.
PROMETS-MOI DE GARDER LE SECRET.
PLUS TARD...
J'AIMERAIS DEVENIR MÉDECIN.

GÉNIAL ! MAIS EN QUOI C'EST UN PROBLÈME QUE ÇA SE SACHE ?!
BEN, ÇA ME GÊNE...
MA MÈRE EST MORTE DE MALADIE QUAND J'ÉTAIS PETIT.
ALORS QUAND MON PÈRE PARTAIT TRAVAILLER ...
C'EST MA GRAND-MÈRE QUI S'OCCUPAIT DE MOI.
AH...
NE T'INQUIÈTE PAS, JE CHERCHE PAS À TE FAIRE PLEURER ...
OUI, J'AI ÉTÉ TRÈS TRISTE QUAND MA MÈRE EST MORTE...
MAIS MON PÈRE S'EST TOUJOURS BEAUCOUP OCCUPÉ DE MOI ...
ET MA GRAND-MÈRE EST SUPER GENTILLE. JE L'ADORE.
PAR CONTRE, DEPUIS QUELQUE TEMPS, JE LA SENS MOINS EN FORME QU'AVANT ...
ET UN JOUR, JE ME SUIS DIT...
QUE J'AIMERAIS BIEN AIDER LES GENS À VIVRE LONGTEMPS EN BONNE SANTÉ...
ET GUÉRIR CEUX QUI SONT MALADES, COMME L'A ÉTÉ MA MÈRE.
VOILÀ POURQUOI JE DOIS DEVENIR MÉDECIN.
TU SAIS TOUT !

JE VAIS T'APPELER "GRAND MAÎTRE" !!
J'AI PRIS DU GALON ?!
ARRÊTE AVEC CE DÉLIRE, S'IL TE PLAÎT !
JE SUIS TELLEMENT ÉMU...
PARCE QUE MOI...
JE SUIS PLUTÔT À L'OPPOSÉ...
HEIN ?
COMMENT ÇA, À L'OPPOSÉ ?
LE PIRE...
C'EST QUE JE LE PENSE VRAIMENT.
SI JE SUIS MAL À L'AISE AVEC LES JEUNES EN GÉNÉRAL...
C'EST PARCE QUE J'AI DU MAL À LES CONSIDÉRER COMME DES INDIVIDUS À PART ENTIÈRE...
ET POURTANT, LUI SE PLACE CLAIREMENT UN CRAN AU-DESSUS DE MOI, HUMAINEMENT PARLANT...
HU... HU HU...
JE VOUS ÉCOUTE, DEPUIS TOUT À L'HEURE...

* NE VOUS EMBÊTEZ PAS À ESSAYER DE COMPRENDRE LE SCHÉMA !

QUAND ON N'EST PAS INFORMÉ, IL VAUT MIEUX SE TAIRE !
COMMENCE DONC PAR T'ACHETER UN ORDI AUSSI PERFORMANT QUE LE MIEN.
BLA BLA BLA BLA
MAIS QU'EST-CE QU'IL NOUS VEUT, AU JUSTE ?
JE POURRAIS LUI COLLER QUELQUES GNONS, POUR LE FAIRE TAIRE…
NON, PAS DE VIOLENCE !
QU'EST-CE QUI T'ARRIVE, AUJOURD'HUI ?!
QUANT À TOI, LE BIGLEUX …
SI TU TE RETROUVES LARGUÉ DÈS LE COLLÈGE, C'EST QUE TU AS LE QI D'UNE HUÎTRE.
QUAND ON N'EST PAS FAIT POUR LES ÉTUDES, C'EST COMPLÈTEMENT IDIOT D'ESSAYER DE CONTINUER.
ENFIN, T'Y PEUX RIEN SI T'ES DÉBILE… FAUDRA JUSTE TE CONTENTER D'UNE VIE DE DÉBILE !
ÉCOUTEZ, MERCI POUR VOS CONSEILS.
MAINTENANT, LAISSEZ-NOUS.
QU…
J'ESSAIE DE VOUS AIDER, ET C'EST TOUT CE QUE TU TROUVES À DIRE ?
ON N'A PAS BESOIN DE VOUS.
JE ME SENS COMPLÈTEMENT ÉTRANGER À TOUTES VOS CONSIDÉRATIONS. J'AI D'AUTRES MOTIVATIONS QUE LES VÔTRES.

ET SURTOUT...
QUAND BIEN MÊME VOUS AURIEZ RAISON SUR TOUTE LA LIGNE...
VOUS N'AVEZ PAS À RABAISSER AUTRUI JUSTE PARCE QU'IL N'EST PAS D'ACCORD AVEC VOS IDÉES.
JE NE VOUS LAISSERAI PAS VOUS MOQUER DES EFFORTS DE MON AMI !
IL A BIEN PLUS DE MÉRITE QU'UN TYPE DANS VOTRE GENRE...
IL FAUT ÊTRE UN ABRUTI POUR INVESTIR LÀ-DEDANS !!
世の中バカばかり!!
年収3億
それあなたの意見ですよね
QUI RÉPÈTE BÊTEMENT CE QU'IL VOIT SUR DES VIDÉOS SUR LE NET ET QUI EN PLUS SE MOQUE DES AUTRES.

QUOI ?
NON MAIS DIS DONC...
BON, JEUNE HOMME...
ÇA SUFFIT, MAINTENANT !
MÊLEZ-VOUS DE VOS AFFAIRES, ILS NE VOUS ONT RIEN DEMANDÉ !
OUI, LAISSEZ-LES TRANQUILLES !
GGH !
PFFF !
VOUS ÊTES TOUS DES CRÉTINS !
BRAVO, TU AS ASSURÉ.
FRANCHEMENT, TU M'AS ÉPATÉ !
BOF...
C'ÉTAIT TROP GÊNANT...

À FORCE DE L'ÉCOUTER DÉBITER CES ÂNERIES, J'AI FINI PAR PERDRE MON SANG-FROID.
J'ESSAIE POURTANT TOUJOURS D'ÉVITER LA VIOLENCE...
MÊME SI ÇA SE LIMITE À DES MOTS...
AT-TENDS !
TU N'AS RIEN À TE REPROCHER !
SHAAAF

SALES MIOCHES !
TOUT ÇA, C'EST VOTRE FAUTE !
VOUS M'AVEZ FAIT PASSER POUR UN CRÉTIN DEVANT TOUT LE MONDE !
MAIS JE VAIS VOUS ENSEIGNER LE RESPECT, MOI !
VOUS MÉRITEZ UN BON COUP DE PIED AU CUL...
ET UN PETIT PLONGEON DANS LE FLEUVE !
VOILÀ CE QUE CE GROS ABRUTI DOIT SE DIRE...
JE SENS SON AURA DE HAINE JUSQU'ICI...
DONC PAS LE CHOIX...
FRSH

BOSS !
T'INQUIÈTE, SHIRAISHI NE REMARQUERA RIEN. ET CE PRÉTENTIEUX A BESOIN…
D'UNE BONNE LEÇON.
WIIISH
HEIN ?
ZRAF
CETTE FOIS, TU VAS TROP LOIN, MORVEUX !

BWAH ?!
SHAAAF

J'ESPÈRE QUE ÇA TE CALMERA.
ET SURTOUT, À L'AVENIR ...
COMME DIT LE PROVERBE, SUIS LES CONSEILS DU MAÎTRE ET IMITE-LE EN TOUT POINT.
HEEEIN ?!
C'EST MOI QUI VAIS FAIRE UN PLONGEON DANS LE FLEUVE ?
OUPS !
TSHAP

ポイッ
FWOSH
ATTRAPE !
T'AS FAILLI OUBLIER ...
TON FAMEUX ORDI HIGH-TECH !
ドボォ...
PLOUF
SALE MORVEUX !
RAAA... AAAH!
オオーンッ
HEIN ?!
QUELQUE CHOSE EST TOMBÉ EN CONTRE-BAS ?
TU CROIS ?

AH OUI ?
ET DONC …
TU AS TROUVÉ UN CAMARADE QUI AS COMBLÉ TES LACUNES ET VOUS ÊTES DEVENUS AMIS ?
C'EST SUPER !
CE N'EST PAS MON AMI, C'EST MON MAÎTRE.
HEIN ?!
BON, AU SUJET DE CETTE GUÊPE QUI T'A QUELQUE PEU RAJEUNI…
JE N'AI PAS VRAIMENT AVANCÉ …
MAIS J'AI DE NOUVELLES INFOS…
CETTE ESPÈCE N'EXISTE PAS DANS LA NATURE. ELLE A ÉTÉ CRÉÉE PAR MANIPULATION GÉNÉTIQUE.
ET TU VEUX SAVOIR PAR QUI ?
PAR LE GROUPE PHARMACEUTIQUE MITSUOKA.
ILS ONT CONNU UNE CROISSANCE RAPIDE AU COURS DES DIX DERNIÈRES ANNÉES, POUR DEVENIR LES NUMÉRO 2 DU SECTEUR AU NIVEAU NATIONAL.
ET CE N'EST PAS TOUT.

SALUT !
COUCOU !
" TIENS-TOI BIEN, LA FILLE DU PDG DU GROUPE EST DANS TA CLASSE...
ELLE S'APPELLE NOREN MITSUOKA.
SI TU ARRIVES À TE LIER D'AMITIÉ AVEC ELLE...
TU POURRAS CERTAINEMENT GLANER DE PRÉCIEUSES INFORMATIONS... "
COUCOU...
NOREN !
SALUT !

KOTATSU NEKOTA

TAILLE : 1 M 66

ÂGE : 21 ANS

HOBBIES : JEUX DE TIR FPS

POINTS FORTS : LA CUISINE

ÉQUIPIER D'ÔGAMI DEPUIS 6 MOIS

PLUTÔT CONSCIENCIEUX, IL N'HÉSITE PAS À PRENDRE DES INITIATIVES... MAIS IL FAIT PARFOIS DE SACRÉES GAFFES.

TRIII
INCROYABLE !
UNE VRAIE FUSÉE !
CHAPITRE 3
Noren Mitsuoka

～しなさい!!
⇒命令文
Open the door
Clean your room
Read this book
「動詞」から始める
She goes shopping to ~...
Her father likes....

...
NOREN MITSUOKA.
LA GUÊPE A ÉTÉ CRÉÉE PAR MANIPULATION GÉNÉTIQUE. ET TU VEUX SAVOIR PAR QUI ? PAR LE GROUPE PHARMACEUTIQUE MITSUOKA.
TIENS-TOI BIEN, LA FILLE DU PDG DU GROUPE EST DANS TA CLASSE...
SI TU ARRIVES À TE LIER D'AMITIÉ AVEC ELLE, TU POURRAS CERTAINEMENT GLANER DE PRÉCIEUSES INFORMATIONS...
HEIN ?!
ATTENDS UNE MINUTE ! TU AS BIEN DIT "LA FILLE DU PDG" ?
T'ES MARRANTE, TOI...
JE SAIS QUE ÇA NE SERA PAS DE LA TARTE... MAIS POUR L'INSTANT, JE N'AI QUE LE CADAVRE D'UNE GUÊPE... ET AUCUNE AUTRE PISTE. C'EST UN PEU MINCE POUR TROUVER UNE SOLUTION À TON PROBLÈME.
ALORS LA MOINDRE PETITE INFO QUE TU NOUS RAPPORTERAS SERA UNE AIDE PRÉCIEUSE.

BLA BLA
BLA
DITES, BOSS…
JE NOTE QUE VOUS ÊTES À NOUVEAU TOUT SEUL.
OH, ÇA VA !
FOUS-MOI LA PAIX !
ON A DEUX GÉNÉRATIONS D'ÉCART, QUAND MÊME.
CE QUI SERAIT ÉTONNANT, C'EST AU CONTRAIRE QU'ON PARTAGE DES CENTRES D'INTÉRÊT.
J'ADORE ÉTUDIER…
MAIS J'AI 39 PIGES ET JE NE SUIS PAS À MA PLACE ICI.
IL FAUT ABSOLUMENT QUE JE DÉCOUVRE LE MOYEN DE RETROUVER MON CORPS D'ORIGINE.

JE VOUS COMPRENDS.
RAISON DE PLUS POUR SUIVRE À LA LETTRE LES CONSEILS D'ERI.
OUAIS, PAS LE CHOIX...
ÇA SENT L'ÉCHEC...
MAIS VU QU'ON N'A AUCUNE PISTE, JE N'AI RIEN À PERDRE...
JE VAIS DÉJÀ ESSAYER DE LUI PARLER...
ET SI ÇA NE DONNE RIEN, EH BIEN, TANT PIS...
EUH, MITSUOKA...
TU AS UNE MINUTE ?

HEIN ?!
OUH LÀ, TOCARD GLUANT DÉTECTÉ !
RIEN QUE TE VOIR ME COLLE LA NAUSÉE. SI TU N'AS PAS DE BONNE RAISON DE VENIR ME PARLER, DÉBARRASSE LE PLANCHER.
?!
EUH...
BON, BAH...
FSHHH
JE TE LAISSE ...
...
AH !
ÔGAMI.
ATTENDS, JE VIENS AVEC TOI.

HÉ ?!
LE COUP DE POIGNARD !
VLAAAF
BOSS ! ACCROCHEZ-VOUS !!
QU'EST-CE QUI T'ARRIVE ?
LE PIRE QUALIFICATIF QUE PEUT ENTENDRE UN QUADRA DE LA PART D'UNE JEUNE FILLE...
"TOCARD GLUANT"...
PRONONCÉ AVEC CETTE EXPRESSION DE DÉGOÛT VENUE DU PLUS PROFOND DE SON ÊTRE... LA TOTALE...
EN MON JEUNE TEMPS, J'AI ÉTÉ TORTURÉ PAR LA MAFIA RUSSE... EH BEN, ÇA M'AVAIT PAS FAIT AUSSI MAL...
MAÎTRE... CONTINUEZ... SANS MOI...
ÔGAMI, QU'EST-CE QUE TU AS ?!
TOCARD GLUANT

ET TU SAIS QUOI ?
AÏE !
WAAAH ! OGA !!
QU'EST-CE QUE TU FOUS LÀ ?!
SACHE QU'ELLE DÉTESTE LES GARÇONS.
POUR DE VRAI.
TU L'IGNORAIS ?
AH, OUI...
NOREN ...
"ELLE EST BRILLANTE EN CLASSE, EXCELLE EN SPORT ET SES PARENTS SONT TRÈS RICHES.
COMME ELLE EST PLUTÔT GRANDE POUR SON ÂGE, QUAND ON LA REGARDE, ON A PLUS L'IMPRESSION D'ÊTRE FACE À UNE MANNEQUIN QU'À UNE JEUNE COLLÉGIENNE.
PAS MAL DE GARÇONS PLUS ÂGÉS ONT VOULU SORTIR AVEC ELLE...
MAIS ELLE LES A TOUS REMBARRÉS... SANS MÉNAGEMENT."
ELLE EST COMME ÇA...
LE PIRE, C'EST QU'ELLE N'EST PAS TELLEMENT PLUS SOCIABLE AVEC LES AUTRES FILLES...
BREF, ELLE NE SE LAISSE PAS APPROCHER FACILEMENT.
MAIS ELLE N'EST PAS MÉCHANTE POUR AUTANT.

EUH…
DU COUP, ON FAIT QUOI, BOSS ?
JE CROIS QUE C'EST CUIT…
AUCUNE CHANCE DE BRISER LA GLACE…
ÉTANT UN GARÇON, C'EST DÉJÀ MISSION IMPOSSIBLE… ALORS, SI ON AJOUTE LA DIFFÉRENCE D'ÂGE, C'EST MORT…
JE LE SENTAIS, QUE ÇA SE FINIRAIT PAR UN GROS FLOP !
PFFF…
EN EFFET …
KRSH
GROOOOOOWL
OH !
UN RESTO DE RAMENS…
NATSUKIYA
RAMENS
C'EST LA PREMIÈRE FOIS QUE JE PASSE DANS LE COIN…
J'ÉTAIS TELLEMENT PERDU DANS MES PENSÉES, QUE J'AI MARCHÉ PLUS LOIN QUE D'HABITUDE…
BON…
BOSS, JE COMPTE SUR VOUS POUR ÊTRE RAISON-NABLE ! MOLLO SUR L'AIL ?
BON-JOUR, JEUNE HOMME !

ASSEYEZ-VOUS DONC...
AU COMPT...
ARGH !

VOICI UN VERRE D'EAU.
MERCI.
コト…
POC
VOUS AVEZ CHOISI ?
ALORS…
JE VAIS PRENDRE UN BOL DE RAMENS AVEC ŒUF ASSAISONNÉ.
ÇA MARCHE !
UNE SOUPE DE RAMENS ŒUF ASSAISONNÉ !
GLOU
QU'EST-CE QUE ÇA VEUT DIRE ?!
NOREN MITSUOKA, ICI ?!
POURQUOI LA FILLE DU PDG D'UN GRAND GROUPE PHARMACEUTIQUE TRAVAILLE-T-ELLE DANS UN RESTO DE RAMENS ?
SANS COMPTER QU'UNE COLLÉGIENNE N'A NORMALEMENT PAS LE DROIT DE TRAVAILLER TOUT COURT ! ENFIN, À SON ÂGE, JE BOSSAIS DÉJÀ EN TANT QUE TUEUR PRO, MAIS C'ÉTAIT UN PEU SPÉCIAL…
SI ÇA SE TROUVE, C'EST SON SOSIE…
DÉSOLÉE POUR L'ATTENTE.
POC
BON, EN ATTENDANT DE COMPRENDRE, JE VAIS DÉJÀ MANGER…
QUAND LA BOUFFE ARRIVE, ON MET TOUT SUR PAUSE !
SLUP

MAIS C'EST UN PUR DÉLICE !
À PREMIÈRE VUE, C'EST JUSTE UNE SOUPE AUX RAMENS CLASSIQUE...
MAIS ON ATTEINT L'EXCELLENCE : LES NOUILLES, LES GARNITURES, LA TEXTURE, LE GOÛT...
LE SUMMUM, C'EST LE BOUILLON ! À LA FOIS LÉGER ET SAVOUREUX, SUBTIL ET PROFOND, IL SE MARIE PARFAITEMENT AVEC LES NOUILLES !
C'EST TOUT BONNEMENT DIVIN !
EXCUSE-MOI.
APRÈS LA FERMETURE...
OOM
BROO
OO
PEUX-TU ME REJOINDRE DERRIÈRE LE RESTO ?
ZLUUUP
TU T'APPELLES ÔGAMI, PAS VRAI ?
QU'EST-CE QUE TU FICHES ICI ?
BEN, J'HABITE DANS LE COIN...

COMME C'ÉTAIT LOIN DE LA GARE ET DES LIEUX DE LOISIRS, JE PENSAIS QUE PERSONNE DU COLLÈGE NE VIENDRAIT MANGER ICI.
JE T'EN SUPPLIE...
NE DIS RIEN AUX AUTRES.
OK.
COMPTE SUR MOI.
KRRR
C'EST MON ONCLE QUI TIENT CE RESTO.
JE NE SUIS BIEN SÛR PAS RÉMUNÉRÉE. JE L'AIDE JUSTE EN TANT QUE MEMBRE DE LA FAMILLE.
JE VOIS.
MAIS ALORS POURQUOI TRAVAILLER ICI...
SI CE N'EST PAS POUR L'ARGENT ?
J'AI CRU COMPRENDRE QUE TU VIENS D'UNE FAMILLE AISÉE.

OUI, ON PEUT DIRE ÇA.
TRÈS AISÉE, MÊME.
MA MÈRE EST CANADIENNE ET J'AI HÉRITÉ DE SA GÉNÉTIQUE.
JE SUIS CONSCIENTE DE MON PHYSIQUE.
DE CE CÔTÉ-LÀ, C'EST VRAI QUE J'AI DE LA CHANCE.
TRÈS TÔT, ON A COMMENCÉ À ME PRÉSENTER DES BONS PARTIS EN VUE D'UN FUTUR MARIAGE.
À CETTE ÉPOQUE, J'ÉTAIS ENCORE À L'ÉCOLE PRIMAIRE.
CES JEUNES HOMMES SE MONTRAIENT TOUS TRÈS GENTILS AVEC MOI, ALORS QU'ON SE RENCONTRAIT POUR LA PREMIÈRE FOIS.
UNE VRAIE PRINCESSE !
OH, QUE TU ES MIGNONNE !
TU ES RAVISSANTE !
IL FAUT DIRE QUE JE FAISAIS DÉJÀ PLUS ÂGÉE…
ET ILS ME VOYAIENT COMME UNE FEMME…
CELA ME METTAIT EXTRÊMEMENT MAL À L'AISE…
ILS ME DÉGOÛTAIENT.

UNE FOIS AU COLLÈGE, LES GARÇONS ONT COMMENCÉ À ME REGARDER AVEC LES MÊMES YEUX...
TOUJOURS DU FAIT DE MON PHYSIQUE...
HUM...
D'OÙ SON DÉGOÛT PRONONCÉ POUR LA GENT MASCULINE...
VOILÀ POURQUOI PLUS TARD, JE VEUX TENIR UN RESTAURANT DE RAMENS !
HUM, JE VOIS...
QU... HEIN ?! MAIS POURQUOI ?
TU N'AS TOUJOURS PAS COMPRIS ? JE N'AIME PAS L'IDÉE DE DEVOIR ME MARIER ET DE RESTER À LA MAISON SOUS LE SEUL PRÉTEXTE QUE JE SUIS UNE FEMME.
JE VEUX VIVRE EN SUBVENANT À MES PROPRES BESOINS, SANS DÉPENDRE DE PERSONNE.
D'OÙ L'IDÉE DE REPRENDRE LE RESTO DE MON ONCLE.

IL A D'AILLEURS OUVERT CE RESTAURANT PARCE QU'IL EN AVAIT MARRE DE L'ENTRE-SOI DE LA GRANDE BOURGEOISIE.
CHAQUE FOIS QUE JE TRAVERSAIS DES MOMENTS DIFFICILES, IL ME PRÉPARAIT LES RAMENS DONT IL A LE SECRET, ET JE ME RÉGALAIS.
ET PUIS, IL EST MARIÉ, ALORS IL NE ME REGARDE PAS AVEC LES MÊMES YEUX QUE LES AUTRES.
D'AILLEURS, MAINTENANT QUE J'Y PENSE, JE ME DEMANDE POURQUOI JE RESSENS LA MÊME CHOSE, QUAND JE PARLE AVEC TOI.
C'EST POUR ÇA QUE JE T'AI DÉBALLÉ MA VIE...!!
C'EST QUE MOI AUSSI, J'AI ÉTÉ MARIÉ...
NOTE QUE CE MIDI, J'ÉTAIS UN PEU MOINS DÉSINTÉ-RESSÉ. MAIS BON...
ÉCOUTE...
SUIS LA VOIE QUE TU AS CHOISIE.
TU ES ENCORE JEUNE. TES PARENTS N'ONT PAS À DÉCIDER DE CE QUE SERA TA VIE.
EN TOUT CAS, JE ME SUIS RÉGALÉ AVEC VOS RAMENS.
SURTOUT LE BOUILLON. IL ÉTAIT SUBLIME.

TU DIS ÇA POUR DE VRAI ?
C'ÉTAIT BON, HEIN ?
LE BOUILLON FAIT TOUTE LA DIFFÉRENCE !!
ぱあっ
VAAAM
ET COMME AUJOURD'HUI, J'AI AIDÉ MON ONCLE EN CUISINE, JE SUIS PARTICULIÈREMENT FIÈRE !
BON, MOI, JE VAIS PAR LÀ.
AH... AU FAIT...
DEMAIN, NE T'AVISE PAS DE VENIR ME PARLER.
PFFF !
PARCE QU'IL N'Y A STRICTEMENT RIEN ENTRE NOUS, COMPRIS ? TE FAIS PAS DE FILM.
ELLE EST REPARTIE EN MODE "HAINE DES GARÇONS".
OK.

GRAP
KRIIII
?!
HÉ ! MAIS ...
AH...

HEIN ?!
VOILÀ QU'ELLE SE FAIT ENLEVER SOUS MES YEUX...
MANQUAIT PLUS QUE ÇA...
LE PÈRE DIRIGE UN GRAND GROUPE PHARMACEUTIQUE ET SEMBLE LIÉ À UN BUSINESS PAS NET.
LES RAISONS DE S'EN PRENDRE À SA FILLE NE MANQUENT PAS...
OUH LÀ !
ON FAIT QUOI, BOSS ?
POUR MOI...
IL N'Y A RIEN DE MEILLEUR AU MONDE QUE LES RAMENS !
HEIN ?!
DANS MON SAC, J'AI DES BALLES ÉQUIPÉES D'UN TRAQUEUR INTÉGRÉ.
ET J'AI L'APPLI QUI VA AVEC.
DONC VOUS COMPTEZ LES POURSUIVRE ?
MAIS, CE N'EST PAS UN PEU TROP TARD ?

ILS SONT DÉJÀ LOIN !
AU PISTOLET, VOUS NE LES ATTEINDREZ JAMAIS !
AUCUNE DÉVIATION
AU-DELÀ DE CETTE LIMITE, LA BALLE DÉVIE DE SA TRAJECTOIRE.
20 ~ 30 m
VOUS NE POURREZ PAS VISER EFFICACE-MENT.
J'AI UN PAQUET D'ANNÉES AU COMPTEUR, ALORS JE CONNAIS MES FONDAMEN-TAUX !
JE SAIS.
DOM
DOM
DOM
DOM

TLAK
DOM
DANS LES SITUATIONS COMME CELLE-CI…
CE SONT JUSTEMENT LE FEELING ET L'EXPÉRIENCE DES VIEUX BRISCARDS…
QUI FONT LA DIFFÉ-RENCE !

BANG
SKLAM
HUM...
ET VOILÀ LE TRAVAIL !
PLINK

NAAAN ! IL A RÉUSSI !!
BOSS, VOUS ÊTES UN AS !!
STAM
STOMP
?
TU DIS ÇA POUR DE VRAI ?
C'ÉTAIT BON, HEIN ?
LE BOUILLON FAIT TOUTE LA DIFFÉRENCE !!
JE LES RATTRAPERAI...
IL N'Y A RIEN DE MEILLEUR AU MONDE QUE LES RAMENS !
ET JE SAUVERAI NOREN !
MOI VIVANT, PERSONNE N'EMPÊCHERA CETTE PETITE DE PERPÉTUER LA TRADITION DANS CE TEMPLE DU RAMEN !!
WOOOSH

ERI WANIBUCHI

TAILLE : 1 M 68

QI TRÈS ÉLEVÉ

TRÈS COMPÉTENTE
DANS SON BOULOT.

LOIN DU CLICHÉ DE LA MÈRE
PARFAITE, MAIS COMME
ELLE FAIT DE SON MIEUX, SA
FILLE NE DIT RIEN.

BOISSON PRÉFÉRÉE : LE CAFÉ

SUPER EXIGEANTE SUR
LE CAFÉ, MAIS PAS SUR
LA NOURRITURE. (POUR
ELLE, ÇA SERT JUSTE À
RECHARGER LES BATTERIES.)

Chapitre 4
On ne joue pas avec ça !
Je veux vivre en subvenant à mes propres besoins, sans dépendre de personne.
D'où l'idée de reprendre le resto de mon oncle.
"Et tu veux savoir par qui ? Par le groupe pharmaceutique Mitsuoka.
Tiens-toi bien, la fille du PDG du groupe est dans ta classe..."
Boss, le véhicule s'est immobilisé.
Ils doivent avoir atteint leur repaire.
OK !
SHLAK
STAM
ZRAP

NE T'IN-QUIÈTE PAS, MA JOLIE.
SI TU ES SAGE, ON NE TE FERA AUCUN MAL.
OU PAS...
T'ES DRÔLEMENT CANON, TU SAIS ?
T'ES VRAIMENT COLLÉ-GIENNE ?

JE NE ME LASSE PAS DE TE REGARDER.
...
ALLEZ, JUSTE UN PETIT BISOU !
NE ME TOUCHE PAS, SALE TOCARD GLUANT !
C'EST POUR ÇA QUE JE DÉTESTE LES GARÇONS !
BONK
DÉGAGE DE LÀ, TOI !
GWEH !
VLASH
DÉSOLÉ SI CET IMBÉCILE T'A IMPORTUNÉE.

JE VAIS LUI RÉGLER SON COMPTE.
EN ÉCHANGE ...
TU VAS ÊTRE UNE GENTILLE FILLE...
ET NOUS DIRE QUEL EST CE FAMEUX SECRET LIÉ AU NOUVEAU MÉDICAMENT QUE DÉVELOPPENT LES CHERCHEURS QUI BOSSENT POUR TON PÈRE ?
CAR TU DÉTIENS LA CLÉ DE CE SECRET, PAS VRAI ?
HEIN ?!
MAIS ENFIN ...
DE QUOI VOUS PARLEZ ?
VOYONS ! NE FAIS PAS SEMBLANT.

NOTRE COMMANDITAIRE A ÉTÉ ON NE PEUT PLUS CLAIR…
"ON IGNORE DE QUOI IL S'AGIT…
MAIS LA PETITE, ELLE, LE DÉTIENT."
EH OUI.
JE NE SAIS RIEN !
MON PÈRE NE PARLE JAMAIS DE SON BOULOT !
AH OUI ? POUR DE VRAI !
JE VOUS LE JURE !
JE NE VOIS PAS DE QUOI VOUS PARLEZ !
TU BOSSES DANS UN RESTO, HEIN ?
LE RESTO DE TON TONTON CHÉRI.
HIER, JE SUIS ALLÉ Y BOUFFER …
ET C'ÉTAIT VRAIMENT TRÈS TRÈS MAUVAIS…
IL FAUT ABSOLUMENT FERMER CET ÉTABLISSEMENT.
QUITTE À UTILISER LA VIOLENCE…

QU...
NON, NE FAITES PAS ÇA ! MON ONCLE N'A RIEN À VOIR LÀ-DEDANS !
JUSTE-MENT.
SI TU ME DIS CE QUE JE VEUX SAVOIR, ÇA POURRAIT APAISER MA COLÈRE ET M'INCITER À ME MONTRER PLUS COMPRÉHENSIF.
MAIS JE NE SAIS RIEN !
JE NE VOIS RÉELLEMENT PAS DE QUOI IL S'AGIT !
BANG
ARGH !

LES RAMENS DE CE RESTO SONT JUSTE EXCELLENTS !
ON VOIT BIEN QUE TU N'Y CONNAIS RIEN !
HEIN ?!
QUELQU'UN EST VENU À MON SECOURS !
QUI ÇA PEUT...
?!
FROP
HOP LÀ !
DÉ-SOLÉ !
STAP
OUMF !!

MAIS POURQUOI ?
JE NE VOIS PLUS RIEN !
BRAVO, BOSS ! COMME ÇA, ELLE NE VOUS RECONNAÎTRA PAS !
QU'EST-CE QUE TU FOUS LÀ, MORVEUX ?
TAJIMA !
JE SUIS PLUS ÂGÉ QUE TOI, CRÉTIN !
AVANT DE VOUS PUNIR, JE VAIS VOUS DONNER DEUX CONSEILS.
LE PREMIER ...
ÇA NE SE FAIT PAS DE DIRE D'UN PLAT QU'ON A PRÉPARÉ POUR VOUS QU'IL EST MAUVAIS.
LE SECOND ...
LA FERME, MINUS !
TU CROIS QU'ON EST VENUS TAPER LA CAUSETTE ?
POUR LA PEINE, J'AJOUTE UN CONSEIL.

BANG
BANG
BANG
QUAND QUELQU'UN PARLE, ON L'ÉCOUTE JUSQU'AU BOUT.
NGH !
ARGH !
GYAH !
PAS DE PANIQUE. CE SONT DES BALLES EN CAOUTCHOUC, DONC NON LÉTALES.
J'ÉVITE DE TUER, EN DEHORS DU BOULOT.
QU'EST-CE QUI SE PASSE ?!
C'EST PAR LÀ !
BOSS, ILS ONT ENCORE DU MONDE DANS LE BÂTIMENT.
VOUS AUREZ DU MAL À VOUS ENFUIR AVEC LA FILLE COIFFÉE DE CE SAC SUR LA TÊTE !
VOUS Y ARRIVEREZ PAS !
...
MHH ...
PAS FAUX...
JE SAIS !

ZRAF
GRIMPE LÀ-DESSUS, VEUX-TU ?
WAAAH !
HÉ !
VAAAF
SHAAAAF

HEIN ?!
KLONG
AAA...
AÏE !
GWEH !
BONK
QU'EST-CE QUE TU FOUS LÀ, TOI ?!
ATTENDS UN PEU !
VAP

WAAAH !
DÉ-SOLÉ !
VLASH
KLONG
KLONG
WERK !

OUF ! VOUS AVEZ RÉUSSI !
RMU RMU RMU
VROOOH
VROOOW
CRAAAW

* 9 MM PARABELLUM.

ZWIIIISH
SCAM
AH...
J'EN ÉTAIS OÙ AVEC MES CONSEILS ?
AH OUI, LE SECOND ...

SHRAAAM
SKAAAM
ÇA PEUT SEMBLER DÉPASSÉ...
MAIS...
LES TYPES QUI SE COMPORTENT MAL AVEC LES FILLES... NE SONT QUE DES GROSSES MERDES !

SHRAAA
BLAAAM
PFF...
'SUIS CREVÉ ...
BRAVO, BOSS ! MISSION ACCOMPLIE !
BON...
RESPIRE DONC ÇA, JE TE PRIE !
SHHH
HEIN ?
QU'EST-CE...
QUE ...

WAAAH !
VAAAM
HEIN ?!
C'EST PAS POS-SIBLE !
BAH ?
JE SUIS CHEZ MOI ?
TOUT ÇA, C'ÉTAIT UN RÊVE ?
...
AÏE !
?!
OU PAS...
MAIS ALORS, QUI M'A SECOURUE ?
CETTE VOIX, EST-CE QUE...
ÔGAMI !
AH !
SALUT.

DIS-MOI…
HIER SOIR…
C'EST TOI QUI ES VENU À MON SECOURS ?
À TON SECOURS ?
IL S'EST PASSÉ QUELQUE CHOSE ?
AH, TU VEUX PARLER DE TON BOULOT AU RESTO ?
MAIS NON…
ET PUIS, JE T'AI DIT DE PAS EN PARLER ICI !
OK, J'EN PARLERAI PAS.
MAIS JE PEUX TE DEMANDER UNE CHOSE EN ÉCHANGE ?
QU…
QUOI DONC ?
JE SOUHAITERAIS CONTINUER À VENIR À TON RESTO.
ET LA PROCHAINE FOIS, JE VEUX UN BOL DE RAMENS OFFERT PAR LA MAISON.
ÇA FAIT DEUX REQUÊTES, ÇA.
MAIS BON, ÇA MARCHE !
ET UN ŒUF EN PLUS ?
ÇA, NON !
HEIN ?!

NOREN MITSUOKA

TAILLE : 1 M 65

SES MÈCHES COLORÉES REPRÉSENTENT SA DÉTERMINATION À REPRENDRE LE RESTO DE RAMENS DE SON ONCLE.

EXCELLE DANS TOUS LES DOMAINES, GRÂCE À SES NOMBREUX TALENTS ET SON ÉDUCATION, SAUF POUR TOUT CE QUI DEMANDE DE LA PRÉCISION.

ADORE LES RAMENS SOUS TOUTES LEURS FORMES (SAUF LES "TSUKEMENS*")

LES GENS ONT DU MAL À ME LIRE LORSQUE J'ÉCRIT LE PRÉNOM NOREN EN JAPONAIS. C'EST BIEN EMBÊTANT.

** RAMENS SERVIS À PART, À TREMPER DANS UN BOL DE BOUILLON.*

DIIING
DIIING
DIIING
DIIING
POUR PAPA
DIIING
BAM
...
MMH ...
MFFF...
CHAPITRE 5
Il faut se prendre en main !
BONJOUR, BOSS !
...

NAN MAIS VOUS AVEZ VU L'ÉTAT DE VOTRE CHAMBRE ?!
AH ?
BOSS, C'EST PAS POSSIBLE DE VIVRE DANS UNE TELLE PORCHERIE !!
J'AVOUE QUE ÇA FAIT UN MOMENT QUE JE N'AI PAS DEMANDÉ À LA FEMME DE MÉNAGE DE PASSER.
ET LE SALON, C'EST PAS MIEUX !
VOUS POURRIEZ QUAND MÊME FAIRE UN BRIN DE MÉNAGE DE TEMPS EN TEMPS !
ZRAF
ZRAF
JE NE M'EN CHARGE JAMAIS.
ET PUIS ...
JE CONSIDÈRE QUE CE N'EST PAS AUX HOMMES DE S'EN OCCUPER.
PLINK
BROO
BOSS, JE CROIS QUE VOUS AVEZ UN TRAIN DE RETARD.
ON EST AU XXIe SIÈCLE !
UNE PETITE MISE À JOUR NE VOUS FERAIT PAS DE MAL.
HEIN ?!
POUR VOTRE GOUVERNE, LES MENTALITÉS ONT ÉVOLUÉ.
SUR LE HARCÈLEMENT, ET TOUT ET TOUT…
C'EST BON, J'AI COMPRIS !
DÉSOLÉ !

!
OH...
BROUHAHA
CLUB POM-POM GIRLS
BASE
BALL
KEN
DÔ
FOOTBALL
BROUHAHA
MAIS OUI, C'EST LA JOURNÉE DE PRÉSENTATION DES CLUBS.
LES INSCRIPTIONS COMMENCENT CETTE SEMAINE.
ET IL FAUT ABSOLUMENT QUE VOUS EN CHOISISSIEZ UN.
CLUB
VOUS AVEZ UNE IDÉE ?
MH ...
JE SAIS DÉJÀ QUE JE VAIS ÉVITER LE SPORT...
AH BON ? POURTANT, VOUS POURRIEZ ÊTRE UN CHAMPION DANS N'IMPORTE QUELLE DISCIPLINE.
FWISH
JUSTEMENT !
POC

SI JE VEUX POUVOIR MENER À BIEN MA MISSION ET ÉTUDIER TRANQUILLEMENT, JE DOIS AVANT TOUT ME FONDRE DANS LA MASSE.
DÉSOLÉ !
HÉ !
PAR ICI !
MÊME SI J'AI PROVISOIREMENT UN CORPS D'ADO...
J'AI QUAND MÊME PASSÉ LA MAJEURE PARTIE DE MA VIE DANS LE MILIEU DE LA PÈGRE...
FWISH
HOP !
WOOOSH

ZLAAAF
DANS LE MONDE NORMAL, JE ME FERAIS FORCÉMENT REMARQUER...
...
LA VACHE ! C'ÉTAIT QUOI, CE MISSILE ?!
ÇA VA ?
WAAAH !
MOI ?
JE VAIS M'INSCRIRE AU KENDÔ.

HEIN ?!
EUH, DÉSOLÉ...
J'EN AI DÉJÀ FAIT UN PEU...
HA HA HA !
ÇA M'A UN PEU SURPRIS.
DÉJÀ, J'ADORE ÇA...
ET PUIS, J'AI DÉCIDÉ DE ME SURPASSER À LA FOIS DANS LES ÉTUDES ET DANS LE SPORT.
ZAAAM
MAÎTRE !!
RESPECTOMÈTRE
0 100 200 300
DZIIING
ET TOI ?
EUH, TOUT CE QUE JE SAIS, C'EST QUE CE NE SERA PAS UN CLUB DE SPORT.
AH, TU CHERCHES UNE ACTIVITÉ CULTURELLE ?
ILS EN PROPOSENT PLEIN, DANS CE COLLÈGE.
REGARDE LEUR BROCHURE.
MMH ...
CLUB JEUX DE PLATEAU
CLUB CÉRÉMONIE DU THÉ
CLUB PASSION CANARD
CLUB ARTISANAT
NH ?
CLUB TRAVAUX DOMESTIQUES
UN CLUB DE "TRAVAUX DOMESTIQUES" ?
OUI. ON Y APPREND LA CUISINE, LA COUTURE ...
LA LESSIVE, LE MÉNAGE, ET TOUT LE TRALALA.
DOIT Y AVOIR QUE DES FILLES, NON ?
BOSS, VOUS ALLEZ PAS RECOMMENCER !
HM ?
TIENS, TIENS ...

GRAP
QU'EST-CE QUE J'ENTENDS DE LA PART DE CE PETIT NOUVEAU ?
!
AH !
GRANDE SŒUR !
HEIN ?!
LA SŒUR DU MAÎTRE ! QUEL HONNEUR !!
EN PERSONNE…
ET C'EST AUSSI MOI QUI ANIME LE CLUB DE TRAVAUX DOMESTIQUES.
UN HONNEUR ?
TIENS, RYÔ, TU AS OUBLIÉ TON PANIER-REPAS.
TU DOIS ÊTRE ÔGAMI !
MON FRÈRE M'A PARLÉ DE TOI.
DIS-MOI, TU DÉBARQUES DU PASSÉ, OU QUOI ?
LES FILLES ET LES GARÇONS ONT CERTES DES DIFFÉRENCES…
MAIS JE NE VOIS PAS QUEL EST LE RAPPORT.

POUR VIVRE, ON A BESOIN DE SE NOURRIR.
ALORS, ON PRÉPARE À MANGER.
ON CRÉE DU BAZAR ET ON SALIT.
ALORS, ON FAIT LE MÉNAGE.
IL FAUT SE PRENDRE EN MAIN, ÊTRE AUTONOME.
POINT BARRE.
SKAAAM
"IL FAUT SE PRENDRE EN MAIN."
MAIS OUI !
EXPRIMÉ AINSI, ÇA VOUS PARLE, BOSS ?
APRÈS, D'AUTRES PEUVENT S'EN CHARGER À TA PLACE, MAIS C'EST IMPORTANT DE SAVOIR LE FAIRE SOI-MÊME.
ON COMPREND LA DIFFICULTÉ, ET ÇA DÉVELOPPE EN NOUS UN SENTIMENT DE GRATITUDE.
MON FRÈRE T'AIDE DANS TES RÉVISIONS, PAS VRAI ?
EH BEN, SI TU REFUSES DE VENIR, JE TE LE PRÊTE PLUS !
OH NON ! PITIÉ !
MAIS TU SAIS QUOI ? AUJOURD'HUI, C'EST UNE JOURNÉE PORTES OUVERTES !
ET JE PENSE QUE ÇA TE FERAIT VRAIMENT DU BIEN D'ESSAYER !
HEIN ?!
C'EST QUE...
HIN HIN HIN...
ELLE NE SAIT PAS QU'ELLE EST EN TRAIN DE MENACER LE TUEUR LÉGENDAIRE !

SALLE DES TRAVAUX DOMESTIQUES
BIEN, POUR CETTE JOURNÉE PORTES OUVERTES...
ON VA PRÉPARER QUELQUE CHOSE DE SIMPLE.
DES BOULETTES DE RIZ ET UNE SOUPE MISO. ÇA VOUS TENTE ?
OUI !
JE VOIS QU'IL Y A EFFECTIVEMENT PAS MAL DE GARÇONS.
ELLE A BIEN SÛR RAISON...
LA SOCIÉTÉ A ÉVOLUÉ, MAIS MOI, JE SUIS D'UNE AUTRE ÉPOQUE...
AH, ÔGAMI...
POUR L'OCCASION...
JE TE LANCE UN DÉFI.
HEIN ?
COMME JE T'AI UN PEU FORCÉ LA MAIN...
SI À LA FIN DE LA SESSION, TU CONSIDÈRES QUE TU T'ES ENNUYÉ, TU AURAS GAGNÉ.
ET JE M'ENGAGE À M'OCCUPER DE TOUTES TES TÂCHES MÉNAGÈRES PENDANT 6 MOIS.
HEIN ?!
ATTENDS, C'EST PAS LA PEINE...

C'EST VRAIMENT LA SŒUR DU MAÎTRE ?
ELLE A LA COMPÉTITION DANS LE SANG...
ET JUSTE POUR SAVOIR ...
SI JE PERDS ?
TU T'INSCRIS AU CLUB.
SI TU PRENDS PLAISIR À PARTICIPER, TU N'AURAS RIEN À Y REDIRE, NON ?

VOUS POUVEZ BIEN SÛR EMPORTER LES RESTES.
SI ÇA VOUS A INTÉRESSÉS, REJOIGNEZ-NOUS EN VOUS INSCRIVANT.
AH...
ALORS, ÔGAMI ?
AH...
EUH... EN FAIT...
JE NE SAIS PAS...
HA HA HA ! AH BON ?
ZUT, ALORS !
HEIN ? M'ENFIN, BOSS...

ATTENDS, ÇA NE VEUT PAS DIRE QUE JE ME SUIS ENNUYÉ, AU CONTRAIRE. DISONS QUE C'EST UN MATCH NUL.
NON ! ÇA SIGNIFIE JUSTE QU'IL FAUT REMETTRE ÇA.
HEIN ?
VOILÀ CE QUE JE PROPOSE ...
VOUS ÊTES MAUVAIS JOUEUR, BOSS !
COMMENT ÇA ?
EN FAIT, VOUS NE VOULEZ PAS RECONNAÎTRE VOTRE DÉFAITE.
JE NE SUIS PAS SOURD... VOUS VOUS RÉGALIEZ EN DÉGUSTANT VOTRE SOUPE !
TU TE GOURES.
OUI, C'ÉTAIT TRÈS BON.
MAIS JE N'AI PAS RESSENTI L'ENVIE D'ALLER PLUS LOIN.
AH...
ÇA N'A PAS ÉTÉ LA RÉVÉLATION AU POINT D'AVOIR ENVIE DE M'INSCRIRE.
À PROPOS, J'AI EMBALLÉ UN DOGGY BAG.
TU LE VEUX ?
AH, C'EST GENTIL !
...
VOLONTIERS ...
PLING

AH...
FINALEMENT, JE VOUS LAISSE LE PROPOSER À QUELQU'UN D'AUTRE.
HEIN ?
AUJOURD'HUI, VOUS DEVEZ PASSER AU LABO POUR Y EFFECTUER DES EXAMENS, PAS VRAI ?
VRRR
VRRR
VRRR
SHLAK
ALLÔ ?

AH, JE VOULAIS TE DIRE.
JE NE M'ATTENDAIS PAS DU TOUT À CE PETIT CADEAU.
JE NE TE RECONNAIS PLUS.
ÇA, ET LE CLUB DE TRAVAUX DOMES-TIQUES…
QU'EST-CE QUI A PU TE FAIRE CHANGER ?
HA HA HA!
BON, T'AR-RÊTES DE ME CHAR-RIER ?
J'AI PAS DIT QUE J'ALLAIS M'Y INSCRIRE !
EN TOUT CAS, ON S'EST RÉGALÉES, AVEC KOZUE.
MERCI.
C'ÉTAIT DÉLICIEUX.
AH OUI ?
BON, BAH SUPER.
AH…
JUSTE UN INSTANT.

TIENS, KOZUE…
TU VOULAIS DIRE UN MOT À PAPA.
OUI.
C'ÉTAIT SUPER BON, PAPA.
MERCI !
JUSTE UN POIL SALÉ.
EN FAIT, JE RETIRE CE QUE J'AI DIT TOUT À L'HEURE.
HEIN ?
JE T'AI PARLÉ DE L'IMPORTANCE DE SE PRENDRE EN MAIN.
MAIS LA CUISINE, C'EST UN PEU À PART.
CES BOULETTES DE RIZ ET LA SOUPE MISO…
APPORTE-LES À DES AMIS OU À QUELQU'UN DE TA FAMILLE.
EN RÉALITÉ, ON N'APPREND PAS À CUISINER POUR SOI…
C'EST CENT FOIS PLUS GRATIFIANT…
DE PRÉPARER DES BONS PETITS PLATS POUR LES AUTRES.

AH...
OK, JE NOTE.
C'ÉTAIT ERI ?
OUI.
...
FAIT CHIER...
JE DOIS RECONNAÎTRE MA DÉFAITE.

BULLETIN D'INSCRIPTION
ASSE : 5e E N°3
NOM: JÛZÔ ÔGAMI
Je désire m'inscrire au club :
TRAVAUX DOMESTIQUES
INFORMATIONS À NOUS COMMUNIQUER :
MERCI DE NOUS PRÉCISER VOS MOTIVATIONS ET COMPÉTENCES.
VOUS VOUS ÊTES FINALEMENT INSCRIT ! RESPECT, BOSS !
AH OUI ?
VOUS AVEZ BIEN FAIT. COMME ÇA, VOUS POURREZ CORRIGER CERTAINS DE VOS GROS DÉFAUTS.
P'TÊT BIEN...
!
ZAAAM
ばったり…
AH !
SAL...
OH, MAIS !

TU T'INSCRIS ÉGALEMENT ?
HEIN ?!
D'INSCRIPTION
CLASSE : 5E E N°19
NOM: NOREN MITSUOKA
Je désire m'inscrire au club :
TRAVAUX DOMESTIQUES
INFORMATIONS À NOUS COMMUNIQUER :
ALORS…
TOI AUSSI ?
ET QU'EST-CE QUI T'A POUSSÉ À T'INSCRIRE ?
BEN, PLEIN DE RAISONS, EN FAIT…
ET TOI, ALORS ?
BEN, ÇA A L'AIR AMUSANT, ET PUIS, ÇA ME SERVIRA POUR MON FUTUR RESTO DE RAMENS !
MOTUS ET BOUCHE COUSUE, OK ?
D'AILLEURS, À L'AVENIR, ÉVITE DE M'ADRESSER LA PAROLE.
OUI, OUI…
FWIP
ALORS QUE VOUS L'AVEZ SAUVÉE…
TOUJOURS AUSSI DURE AVEC VOUS…
ON S'EN FOUT…
C'EST SON STYLE.
TIENS, UN MAIL D'ERI…
VOYONS VOIR ÇA…
MHH…
MHH ?
QUOI ?!
BOSS, INFO IMPORTANTE POUR VOUS !
?
QU'Y A-T-IL ?

ERI A TROUVÉ UN MOYEN DE VOUS RENDRE VOTRE APPARENCE D'ORIGINE.
!!
AH OUAIS ?! COMMENT ?!
JE VOUS DONNERAI LES DÉTAILS APRÈS.
JE VOUS TRANSMETS DÉJÀ LA CONCLUSION.
VOUS DEVEZ ÉPOUSER NOREN MITSUOKA.
QU'EST-CE QUE TU VIENS DE DIRE ?
BEN, QUE VOUS DEVEZ ...
OUI, MERCI, J'AI ENTENDU.
ATTENDS, TU VOUDRAIS BIEN RÉPÉTER QUAND MÊME ?

LE FLINGUE D'ÔGAMI EST UN SIG P210.

DANS LE 1ER CHAPITRE, UNE PETITE ERREUR : ÔGAMI A SUR LUI UN COLT GOVERNMENT. MAIS NE DITES RIEN À PERSONNE, PROMIS ?

Chapitre 6
Moralement inacceptable

!!!
GGH!

×××!!!
NGH...
BAGARRE ↴
EXCLUSION TEMPORAIRE OU RENVOI ↴
ÉCHEC DE LA MISSION ↴
PLUS DE REVENUS ↴
INCAPACITÉ DE PAYER VOTRE CRÉDIT ET LA PENSION DE VOTRE FILLE.

PFFF ! JE ME SUIS SENTI TELLEMENT PATHÉTIQUE QUE J'EN AI CHIALÉ !
MOI, UN QUASI-QUADRA... TUEUR PROFESSIONNEL... HABITUÉ À EFFRAYER LES ENFANTS JUSTE EN LES REGARDANT... ME VOILÀ RÉDUIT À FUIR UNE BANDE DE SALES PETITS ADOS BOUTONNEUX...
POURTANT, TOUT CE QUE JE DEMANDE...
C'EST MENER MA PETITE VIE DE COLLÉGIEN PÉPÈRE, SANS ME FAIRE REMARQUER, EN APPRENANT DES TAS DE TRUCS, PARCE QUE J'ADORE ÇA...
FAUT CROIRE QUE C'EST VOTRE KARMA...
VOTRE PRÉSENTATION CATASTROPHIQUE ET LE FAIT DE RESTER COLLÉ LE NEZ DANS DES BOUQUINS, C'EST UN COMBO FATAL QUI VOUS CLASSE TOUT EN BAS DE L'ÉCHELLE, EN TERMES DE POPULARITÉ.
RÉSULTAT, ILS SE MOQUENT DE VOUS.
JE SAIS ! PAS BESOIN DE ME LE RÉPÉTER !
TOUT LE CONTRAIRE DE NOREN, QUI SE TROUVE AU SOMMET. TOUS LES GARÇONS LUI TOURNENT CONSTAMMENT AUTOUR...
MÊME SI J'AVAIS DES VUES SUR ELLE, JE N'AURAIS STRICTEMENT AUCUNE CHANCE.
JE NE PARLE MÊME PAS DU FAIT QU'ELLE DÉTESTE LES GARÇONS...
EH OUI...

VOUS DEVEZ ÉPOUSER NOREN MITSUOKA.
QU'EST-CE QUE TU VIENS DE DIRE ?
BEN, QUE VOUS DEVEZ...
OUI, MERCI, J'AI ENTENDU.
ATTENDS, TU VOUDRAIS BIEN RÉPÉTER QUAND MÊME ?
MOI, TOUT CE QUE JE VEUX, C'EST REDEVENIR COMME AVANT !
POINT FINAL !
ET POURQUOI JE DEVRAIS L'ÉPOUSER, AU JUSTE ?
IL Y A QUELQUES MINUTES À PEINE, UNE NOUVELLE HALLUCINANTE A ÉTÉ RELAYÉE AUX INFOS...
PSST PSST PSST PSST

FLAGS VISION
FLASH SPÉCIAL
ANNONCE DU 2e GROUPE PHARMACEUTIQUE NATIONAL MITSUOKA
LE FUTUR GENDRE DU PDG HÉRITERA DU GROUPE.
LE FUTUR MARI DE NOREN MITSUOKA HÉRITERA DU GROUPE FAMILIAL.
DONC VOILÀ...
HEIN ?!
V'LÀ AUTRE CHOSE ! MAIS POURQUOI UNE TELLE ANNONCE ?
ILS VONT ÊTRE ASSAILLIS DE CRITIQUES. JE NE VOIS PAS CE QUI LES A POUSSÉS À AGIR AINSI.
ON N'A AUCUNE INFO LÀ-DESSUS.
MAIS BON, ON AURAIT LAISSÉ COULER SI ÇA NE SE LIMITAIT QU'À ÇA !
VOUS VOUS SOUVENEZ DES PROPOS DE SES RAVISSEURS ?
"ON IGNORE DE QUOI IL S'AGIT...
MAIS LA PETITE, ELLE, LE DÉTIENT."
EH OUI.
LE MILIEU DE LA PÈGRE EST DÉJÀ SUR LE COUP.

SELON ERI…
SI ON VEUT DÉCOUVRIR LE SECRET QUI ENTOURE LA GUÊPE RESPONSABLE DE VOTRE APPARENCE ACTUELLE, NOUS AURONS BESOIN DE LA COOPÉRATION À LA FOIS DE NOREN ET DE SON PÈRE.
RECOURIR À LA MENACE OU LA FORCE NE VOUS MÈNERA NULLE PART.
VOTRE SEULE OPTION EST DE VOUS MARIER ET D'HÉRITER DU GROUPE FAMILIAL.
VOUS VOILÀ DONC AVEC UN NOUVEL OBJECTIF…
VOUS FIANCER AVEC CETTE JEUNE FILLE…
MAIS OUI, BIEN SÛR !
J'AI 39 ANS, AVEC UN DIVORCE AU COMPTEUR…
ET TU VOUDRAIS QUE J'ÉPOUSE UNE COLLÉGIENNE ?!
EFFECTIVEMENT, VU SOUS CET ANGLE…
CHERCHE PAS, C'EST NON !
JE NE VEUX PLUS EN ENTENDRE PARLER ! MÊME POUR RIRE !!

自転
7
16
SHÔTEI
NATSUKIYA
RAMENS
ZLUP
ZLULUP
MAIS QUEL DÉLICE !
CES RAMENS SONT ABSOLUMENT EXQUIS !!
COMME SI JE POUVAIS ÉPOUSER CETTE FILLE ! À MON ÂGE ! MORALEMENT, JE NE PEUX PAS.
ALLEZ, OUBLIONS TOUT ÇA ET RÉGALONS-NOUS AVEC CES NOUILLES DIVINES.
CONCERNANT MON ÉTAT, POUR L'INSTANT, ON A ZÉRO PISTE... MAIS BON, ON VERRA BIEN !
BORDEL, CETTE SOUPE EST SI BONNE QUE JE POURRAIS EN ENGLOUTIR DES LITRES !
...
MERCI !
C'ÉTAIT DÉLICIEUX !

TOI, AU MOINS, TU RESTES LE MÊME, ÔGAMI...
HEIN ?!
AH...
OUI, JE SUIS AU COURANT... ET CROIS BIEN QUE JE COMPATIS.
J'ÉTAIS JUSTE PASSÉ DÉGUSTER UN BON BOL DE RAMENS.
AUCUN CHANGEMENT DE PRÉVU POUR MOI...
...
ÔGAMI !
NATSUKIYA
RAMENS
OUI ?
TU PARS DÉJÀ ?
MON ONCLE M'A DIT QUE JE POUVAIS FINIR PLUS TÔT, CE SOIR.
ON FAIT UN BOUT DE CHEMIN ENSEMBLE ?

J'TE JURE !
ME FAIRE ÇA ! À MOI !
POURQUOI TON PÈRE A ANNONCÉ ÇA ?
J'EN SAIS RIEN !
CES DERNIERS TEMPS, IL NE RENTRE MÊME PLUS À LA MAISON.
DE TOUTE FAÇON, JE NE VEUX PLUS LE VOIR !
MAIN-TENANT QUE JE VAUX DE L'OR...
LES GARÇONS ME REGARDENT AVEC ENCORE PLUS DE CONVOITISE !
QUANT AUX FILLES, ELLES ONT PRIS LEURS DISTANCES, ET J'AI DÉJÀ MOINS D'AMIES...
QU'EST-CE QUI LUI A PRIS ?!
JE LE HAIS !!
BON !
ET TOI, QUE PENSES-TU DE TOUT ÇA ?!

...
JE PARLE DANS LE VENT ?
C'EST QUAND MÊME TOI QUI M'AS INTERROGÉ ! TU POURRAIS ÉCOUTER MA RÉPONSE !
MAIS JE SUIS TOUT OUÏE...
SI, SI ! JE COMPATIS...
MAIS BIEN SÛR !
DIS, POUR LE COURS D'ANGLAIS DE DEMAIN...
COMME SI C'ÉTAIT PLUS IMPORTANT !!
MPF...
HA HA HA HA HA !
?!
FINALEMENT, ÇA ME CONVIENT PARFAITEMENT...
HAAA...
J'AIMERAIS TROP POUVOIR DISCUTER PLUS SOUVENT AVEC DE VRAIS AMIS...
QUI NE ME TOURNENT PAS AUTOUR PAR INTÉRÊT.
PARLER DE TOUT ET DE RIEN, COMME AVEC TOI...
SI TU SAVAIS COMME ÇA ME MANQUE...
...

TU CROIS QUE JE POURRAI ME FAIRE DES AMIS, AU CLUB ?
LE CLUB DE TRAVAUX DOMESTIQUES !
HEIN ?!
CELLE QUI L'ANIME A L'AIR SUPER SYMPA !
VOILÀ, C'EST CE GENRE D'AMIE QUE JE CHERCHE !!
OUI...
PEUT-ÊTRE.
BOSS, AUJOURD'HUI, C'EST VOTRE PREMIER JOUR AU CLUB.
OUAIS !
J'AI DÉCIDÉ DE ME PRENDRE EN MAIN !
QUELLE ARDEUR MAGNIFIQUE ! JE NE PENSAIS PAS VOUS VOIR MOTIVÉ À CE POINT-LÀ !
ZIIIM
WAAAH !
WAAAH !
BROUHAHA
BROUHAHA
NH ?
AH !
CHEFFE !
AH, ÔGAMI !
J'AI HÂTE DE COMMENCER.
ÉCOUTE...
LA SITUATION S'EST UN PEU COMPLEXIFIÉE, DEPUIS LA DERNIÈRE FOIS...

BROUHAHA BROUHAHA
HEIN ?!
BROUHAHA

JE PENSE QUE TU ES AU COURANT, POUR NOREN…
DU COUP, ON A ÉTÉ SUBMERGÉS DE DEMANDES D'INSCRIPTION…
J'AIMERAIS ACCUEILLIR TOUT LE MONDE…
MAIS ON A DÉJÀ ATTEINT LE NOMBRE MAXIMAL D'ADHÉ-RENTS…
ET PUIS, JE PENSE QUE LA PLUPART NE SONT LÀ QUE POUR ELLE…
JE SUIS VRAIMENT ENNUYÉE…

TIENS, TOI AUSSI, TU T'ES INSCRITE ? QUEL HEUREUX HASARD !!
MAIS OUI, C'EST ÇA !
FIGURE-TOI QUE J'AI TOUJOURS ADORÉ LES TRAVAUX DOMESTIQUES !
COMME SI J'ALLAIS TE CROIRE !
...

VOUS ALLEZ ...
ME FOUTRE LA PAIX, OUI ?!
?!
J'AI DÉJÀ UN PETIT COPAIN !!
ÇA COMMENCE À BIEN FAIRE !!
OUVREZ GRAND VOS OREILLES !!
HEIN ?!

C'EST LUI !
JÛZÔ ÔGAMI !
GARDEZ BIEN ÇA À L'ESPRIT, QUAND VOUS VIENDREZ ME PARLER !
HEIN ?!!
C'EST UNE BLAGUE ?!

UNE CASE QUE J'AIME PARTICULIÈREMENT.

NOREN, UN PEU SECOUÉE APRÈS LA COURSE-POURSUITE SUR LE CHARIOT DANS LE CHAPITRE 4.

Chapitre 7
Nous, les vieux, on est têtus !

PETIT RÉSUMÉ DES CHAPITRES PRÉCÉDENTS…
JÛZÔ ÔGAMI, BIENTÔT QUADRA, DIVORCÉ…
EST DÉSORMAIS LE PETIT AMI DE NOREN MITSUOKA.
MITSUOKA !
NOREN !
ATTENDS !
ON VEUT EN SAVOIR PLUS !
DOM
DOM
DOM
DOM
DOM
DOM
HAA…
ON A RÉUSSI À LES SEMER…
BON…
ALORS…

JE PEUX SAVOIR CE QUI T'A PRIS ?!
DÉSO-LÉE !
J'ÉTAIS TELLEMENT HEUREUSE DE POUVOIR M'INSCRIRE À CE CLUB... ET LA SITUATION M'A DÉPRIMÉE...
DU COUP, J'AI SENTI LE STRESS MONTER, J'AI PANIQUÉ...
ET C'EST SORTI TOUT SEUL...
JE SAIS BIEN QUE JE N'AURAIS PAS DÛ ...
PARDON ...
BOSS, SOYONS PRAGMATIQUE... ÇA VOUS RAPPROCHE DE VOTRE OBJECTIF.
TU MESURES CE QUE TU DIS, TRIPLE BUSE ?
PLUTÔT MOURIR QUE DE L'ÉPOUSER ! JE TE RAPPELLE QU'ELLE A L'ÂGE DE MA FILLE !
ET TU TROUVES ÇA MORALEMENT CORRECT, TOI ?!
S'IL TE PLAÎT...
J'AI CONSCIENCE D'ÊTRE ÉGOÏSTE, MAIS...
TU NE VOUDRAIS PAS FAIRE SEMBLANT D'ÊTRE MON PETIT COPAIN, SUR UNE COURTE DURÉE ?
HEIN ?!

LE TEMPS QUE LA SITUATION SE CALME UN PEU, OU QUE JE TROUVE UNE AUTRE SOLUTION...
S'ILS PENSENT QU'ON SORT ENSEMBLE, ÇA LES DÉCOURAGERA PEUT-ÊTRE.
ALLEZ, S'IL TE PLAÎT.
ENFIN QUAND MÊME...
...
OK, JE FERAI SEMBLANT.
VA NOUS ACHETER DES SANDWICHS !

LA MEUTE S'AGRANDIT...
AU SECOURS...
T'ÉCOUTES QUAND JE TE CAUSE ?
OU TU NOUS ACHÈTES DES SANDWICHS TOUS LES JOURS...
OU TU QUITTES NOREN !
À TOI DE CHOISIR !
TU PARLES D'UN CHOIX !
WIIISH
HÉ ?!
ATTENDS UN PEU QU'ON TE CHOPE !
FWOP
BIEN SÛR, JE POURRAIS FACILEMENT LEUR FLANQUER UNE RACLÉE...
MAIS JE NE PEUX PAS ME LE PERMETTRE.
TSAF
ÇA ME CAUSERAIT PLUS DE PROBLÈMES QU'AUTRE CHOSE !
SI JE ME FAIS RENVOYER, JE NE SERAI PLUS PAYÉ !
FWISH
DU COUP, J'OPTE POUR LA FUITE !

VAAAP
HÉ !
NGH !
IL EST CINGLÉ ! ON EST AU 2E ÉTAGE !!

WIIISH
BWOF
QUOI ?!
WA-AAH !
KWIP
DÉ-SOLÉ.
...

HAAA...
COMME IL S'AGISSAIT JUSTE DE FAIRE SEMBLANT, J'AI DIT OUI SANS TROP RÉFLÉCHIR...
MAIS ÇA VA ÊTRE COMME ÇA À LONGUEUR DE JOURNÉE ?
PSST
PSST
CERTES, IL EN FAUT PLUS POUR M'IMPRES-SIONNER...
MAIS JE RISQUE DE PERDRE PATIENCE AU BOUT D'UN MOMENT.
PSST
TU AS ENTEN-DU ÇA ?
IL PARAÎT QUE NOREN ET JÛZÔ SORTENT ENSEMBLE.
DU COUP, IL EST PRIS POUR CIBLE PAR TOUS LES GARS QUI AVAIENT DES VUES SUR NOREN.
ÇA VA ÊTRE CHAUD POUR SES FESSES.
PSST
SALUT, OGA !
DIS DONC, T'ES GÂTÉ, CÔTÉ GALÈRES !
TU SORS VRAIMENT AVEC NOREN ?!
J'ARRIVE TOUJOURS PAS À Y CROIRE !

TAKADA ...
ET BABA...
BON, ET SINON, ON T'A VU ÉCHAPPER À CES BRUTES, TOUT À L'HEURE. QUELLE AGILITÉ !
VOUS AVEZ ASSISTÉ À LA SCÈNE ? ET VOUS VOUS ÊTES CONTENTÉES DE REGARDER ?!
ET COMMENT ON AURAIT PU T'AIDER ?
ON POUVAIT RIEN FAIRE...
EN APPELANT UN PROF !
C'EST POURTANT PAS DUR...
ATTENDS, TE CONNAISSANT, ON SAVAIT QUE TU T'EN SORTIRAIS...
LA PREUVE, TU T'EN ES TRÈS BIEN TIRÉ TOUT SEUL.
SUPER !
ENFIN, QUOI QU'IL EN SOIT, ÇA VA SE COMPLIQUER...
À PARTIR DE MAINTENANT.
HEIN ?!
CET ÉTABLISSEMENT EST CONNU POUR ACCUEILLIR UN GRAND NOMBRE D'ÉLÈVES...
ET ON COMPTE DE NOMBREUX GARÇONS À HAUT POTENTIEL.
CE N'EST PAS TOUT...

PARMI EUX, CERTAINS SE DÉMARQUENT ENCORE.
ON SURNOMME LES MEMBRES DE CETTE ÉLITE : "LES LICORNES".
ILS SORTENT TOUS DU LOT, PHYSIQUEMENT COMME MENTALEMENT.
AJOUTE À CELA UN CHARISME EXCEPTIONNEL ET UN OU PLUSIEURS DONS QUI SORTENT DE L'ORDINAIRE DANS DES DOMAINES SPÉCIFIQUES.
VISIBLEMENT, ILS TOURNENT TOUS AUTOUR DE NOREN.
DONC ILS T'AURONT FORCÉMENT DANS LE COLLIMATEUR.
ET LÀ, BAH... JE TE SOUHAITE BONNE CHANCE...
AH BAH MERCI !
VOUS DEVRIEZ PEUT-ÊTRE DÉCLARER FORFAIT, BOSS.
LAISSEZ TOMBER.
ARRÊTEZ DE FAIRE SEMBLANT D'ÊTRE SON PETIT AMI.

HEIN ?
BEN, C'EST CLAIREMENT EN TRAIN DE PARTIR EN SUCETTE…
VOUS N'AVEZ PAS L'INTENTION DE L'ÉPOUSER, N'EST-CE PAS ?
BIEN SÛR QUE NON !
ALORS VOUS N'AVEZ AUCUNE RAISON DE CONTINUER À VOUS EXPOSER…
CROYEZ BIEN QUE JE SUIS DÉSOLÉ POUR ELLE…
D'AUTANT QU'IL Y A DU NOUVEAU…
QUOI ?
IL SEMBLERAIT QUE LE MONDE DE LA PÈGRE S'INTÉRESSE AUX SECRETS DU GROUPE MITSUOKA …
LIÉS AUX RECHERCHES SUR LES GUÊPES ET LES PRODUITS RAJEUNIS-SANTS.
MAIS COMME JE L'AI DÉJÀ DIT…
ILS SAVENT QUE LA MENACE ET LA FORCE NE SONT PAS DES OPTIONS.
ILS VONT DONC ENVOYER À LEUR TOUR, SI CE N'EST PAS DÉJÀ FAIT, DE JEUNES GARÇONS À HAUT POTENTIEL…
QUI AURONT POUR MISSION DE GAGNER LA MAIN DE NOREN.

EN D'AUTRES TERMES, EN PLUS DES LICORNES ET DES MÂLES ALPHA QUI LORGNENT SUR ELLE POUR L'ÉPOUSER…
ELLE SERA AUSSI CONVOITÉE PAR D'ÉVENTUELS TUEURS INFILTRÉS.
BOSS, VOUS TENEZ VRAIMENT À VOUS RETROUVER AU MILIEU DE CE PANIER DE CRABES ?
…
FRSH
FRSH
HEIN ?!

OUI…
TU N'AS PLUS BESOIN DE FAIRE SEMBLANT D'ÊTRE MON PETIT AMI.
JE T'AI ASSEZ CAUSÉ DE SOUCIS COMME ÇA.
ENCORE DÉSOLÉE.
MAIS COMMENT TU COMPTES FAIRE ?
C'EST MON PROBLÈME, APRÈS TOUT. ALORS À MOI DE LE RÉSOUDRE.
ET BIEN ENTENDU, JE NE VIENDRAI PLUS AU CLUB, VU CE QUI S'EST PASSÉ LA DERNIÈRE FOIS.
MAIS …
QUE ÇA NE T'EMPÊCHE PAS, TOI, DE PASSER AU RESTO.
JE TE DEMANDERAI JUSTE DE TEMPS EN TEMPS UNE OREILLE ATTENTIVE POUR QUE JE PUISSE ME LAMENTER SUR MON SORT.
FRSH
FRSH
FRSH
…
ALORS, LES TOURTEREAUX ? ON ROUCOULE ?
ÇA TOMBE BIEN.

CETTE FOIS, TU NE ME GLISSERAS PAS ENTRE LES PATTES, ÔGAMI.
IL FAUT QU'ON PARLE.
C'EST PAS POSSIBLE QUE NOREN SORTE AVEC UN TOCARD DANS TON GENRE.
ÇA NOUS RESTE TOUS EN TRAVERS DE LA GORGE. ON NE PEUT PAS L'ACCEPTER.
JE NE SUIS PLUS AVEC ÔGAMI !
ALORS FOUS-LUI LA PAIX !
AH OUAIS ?
ÇA TOMBE BIEN.
ÇA SIGNIFIE QUE TU PEUX SORTIR AVEC MOI.
JE TE RENDRAI BIEN PLUS HEUREUSE QUE CE MINABLE.
HEIN ?!
JAMAIS ! TU CROYAIS QU'AVEC UNE TELLE ATTITUDE, JE TE TOMBERAIS DANS LES BRAS ?
JE SUIS TRÈS SÉRIEUX.
JE SUIS UN BATTANT. AVEC MOI, TU TE SENTIRAS ENFIN PROTÉGÉE !
MAIS JE T'AI RIEN DEMANDÉ ! QU'ON ME FICHE LA PAIX !
GRRT
GRRT
GRRT
GRRT
HAAA...

CONTRAIREMENT À CE QU'ELLE A DIT, ON EST TOUJOURS ENSEMBLE.
ALORS ...
NE T'AVISE PAS DE TOUCHER À MA GONZESSE.
EUH...
HEIN ?!
BOSS !
VOUS AVEZ FINALEMENT DÉCIDÉ DE L'ÉPOUSER ?
MAIS NON, CRÉTIN !
JE CONTINUE JUSTE À FAIRE SEMBLANT !
MAIS POURQUOI ?
Y A PAS DE RAISON PARTICULIÈRE...
HEIN ?
ENFIN, SI TU VEUX VRAIMENT SAVOIR...
JE COMMENCE À EN AVOIR MA CLAQUE QUE DES PETITS JEUNES ME DICTENT CE QUE JE DOIS FAIRE !

T'ES PEUT-ÊTRE PAS AU COURANT, MAIS JE FAIS DE LA BOXE, ET À LA SALLE, JE DÉFIE MÊME DES ADULTES !
QU'EST-CE QUE TU MARMONNES, MINUS ?!
À L'AVENIR, SI TU VEUX JOUER LES DURS, REGARDE MIEUX QUI TU AS EN FACE !
PRENDS ÇA !
WUUUSH
POF
NOUS, LES VIEUX, ON EST TÊTUS ! ET MOI, JE SUIS UN CORIACE !
JE VAIS QUAND MÊME PAS LAISSER TOMBER UNE GAMINE EN DÉTRESSE !
J'ÉCRASERAI COMME DES MOUCHERONS TOUS LES SALES TYPES DE SON ESPÈCE QUI VIENDRONT IMPORTUNER CETTE PETITE !

HUM...
C'EST PAS MOI QUI VAIS TE CONTREDIRE SUR LE FAIT QU'UN MEC DOIT ÊTRE CAPABLE DE PROTÉGER SA COPINE...
MAIS POUR L'INSTANT...
COMMENCE PAR RETOURNER À LA SALLE T'ENTRAÎNER UN PEU PLUS.
...
ÔGAMI...
ÔGAMI, ÉCOUTE...
T'INQUIÈTE. ON VA SORTIR ENSEMBLE ENCORE QUELQUE TEMPS.
POUR DE FAUX, HEIN ?
PARCE QU'APRÈS M'ÊTRE RÉGALÉ AVEC TES RAMENS, LA DERNIÈRE CHOSE DONT J'AI ENVIE, C'EST DE T'ENTENDRE TE LAMENTER SUR TON SORT.
!

MERCI...
MAIS ...
À L'AVENIR, ÉVITE DE SORTIR DES TRUCS DU GENRE : "NE T'AVISE PAS DE TOUCHER À MA GONZESSE".
ON EST AU COLLÈGE !
OUPS...
GH... OK...
BOSS, FAITES DONC UN EFFORT !
MHH ...
VOILÀ DONC MA CIBLE, NOREN MITSUOKA ...
ET...
SON PETIT COPAIN.
IL M'AURAIT PRÉCÉDÉ ?
MAIS SES MOUVEMENTS...
AURAIS-JE AFFAIRE À UN "CONFRÈRE" ?
SHLUP

EN TOUT CAS, VOILÀ UN RIVAL...
À NE SURTOUT PAS SOUS-ESTIMER...
TOME 1 FIN

Scénario : Joumyaku
Dessin : Mizuki Yoda
MARRIAGE TOXIN
DISPONIBLE EN LIBRAIRIE
crunchyroll
MARRIAGETOXIN © 2022 by Joumyaku, Mizuki Yoda/SHUEISHA Inc.

KILL BLUE

Tadatoshi Fujimaki

Édition française
crunchyroll
8, rue Ambroise Thomas 75009 Paris
www.crunchyroll.com

TRADUIT DU JAPONAIS PAR Julien Pouly

LETTRAGE & MAQUETTE Studio Hinoko
SUPERVISION ÉDITORIALE Saloua Okbani
DESIGN Clémence Perrot
RESPONSABLE DE FABRICATION Julie Baudry

ISBN : 978-2-82035-121-0

Achevé d'imprimer en septembre 2024
par L.E.G.O. SpA, Lavis (Italie).
Dépôt légal : octobre 2024

PEFC
PEFC/18-31-280
Certifié PEFC
Ce produit est issu de forêts gérées durablement, de sources recyclées et contrôlées
www.pefc-france.org